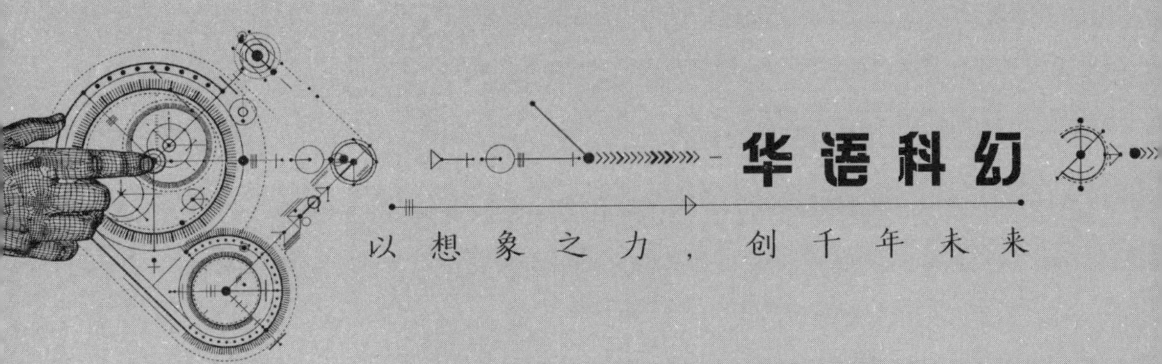
华语科幻
以想象之力，创千年未来

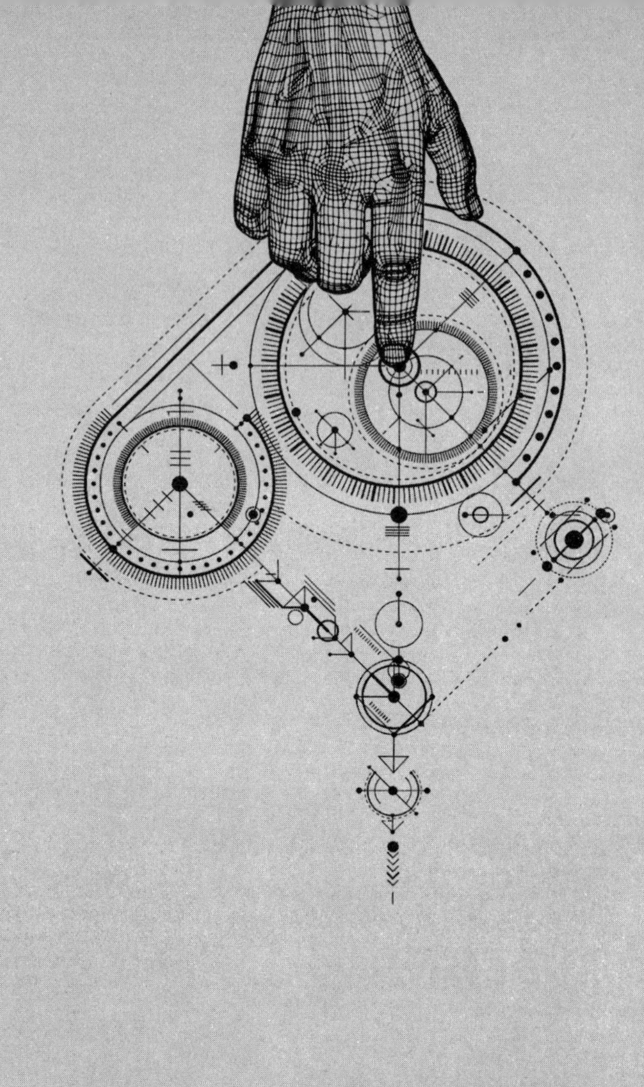

元宇少年科幻精品系列

星空探险者

超侠　陆杨　主编

科学普及出版社
·北　京·

图书在版编目（CIP）数据

元宇少年科幻精品系列．星空探险者 / 超侠，陆杨主编．-- 北京：科学普及出版社，2024. 12. --（百年科幻）. -- ISBN 978-7-110-10868-0

Ⅰ．I247.7

中国国家版本馆 CIP 数据核字第 20249JA374 号

策划编辑 王卫英
责任编辑 王卫英
封面设计 书香文雅
内文设计 书香文雅
责任校对 邓雪梅
责任印制 徐　飞

出　　版 科学普及出版社
发　　行 中国科学技术出版社有限公司
地　　址 北京市海淀区中关村南大街 16 号
邮　　编 100081
发行电话 010-62173865
传　　真 010-62173081
网　　址 http://www.cspbooks.com.cn

开　　本 720mm × 1000mm　1/16
字　　数 512 千字
印　　张 40
版　　次 2024 年 12 月第 1 版
印　　次 2024 年 12 月第 1 次印刷
印　　刷 三河市荣展印务有限公司
书　　号 ISBN 978-7-110-10868-0 / I・780
定　　价 120.00 元（全 4 册）

“百年科幻”编委会

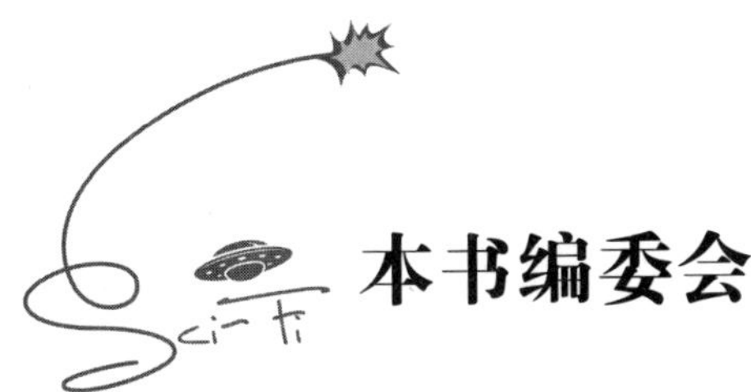

本书编委会

主　编

超　侠　陆　杨

编　委

王卫英　刘芳芳

刘　婧　左文萍

总 序

科幻引领未来

“百年科幻”是由中国科普作家协会科幻创作研究基地主编的大型科幻系列图书项目。项目工程浩大，计划将过去、现在以及未来的国内外优秀科幻作品都囊括进来，打造成一个可持续的出版系列。

科幻是科学与文学融合的产物，它不仅能激发人们的想象力，更能给人们以深刻的科学启示，唤起人们对科学的兴趣，培养人们的科学精神。自1818年英国作家玛丽·雪莱创作《弗兰肯斯坦》起，世界科幻已走过200多年的发展历程。中国科幻作为世界科幻板块中的重要组成部分，渐渐发展成一支越来越活跃的生力军。从1904年荒江钓叟的《月球殖民地小说》发表至今，中国科幻已有120年的历史，这100多年的发展并不是连续的线性发展，而是呈现出点状分布，时断时续，直到20世纪90年代，才呈现出持续发展的状态。在本土化进程中，中国科幻从学习西方科幻到输出本土科幻，已经走向成熟。以王晋康、刘慈欣、韩松为代表的科幻作家的创作，早已跻身于世界科幻领域的顶级作品之列。

科幻的发展从根本上说与国家科技发展密切相连。现在科幻越来越受到中国读者的喜爱，越来越获得国家的重视，这些都为科幻创作提供了良好的社会环境。中国科幻每年的创作数量也在明显增加，这也是非常可喜的局面。

故此，我们计划在此前出版的《百年中国科幻小说精品赏析》的基础上，推出“百年科幻”系列。在编选出版的定位和特色上，“百年科幻 ”系列既与前者有密切关联，又有其鲜明的独特风貌。主要体现在以下几点：

一、突出史诗性。以世界百年科幻历史长河为线索梳理和编选作家作品，以不同历史时期产生重要影响力的作家作品为对象，遴选经典和优秀之作。

二、强调专题性。对各个时期科幻作家的代表性作品进行专题编辑，彰显其创作特色和文学风格，向广大读者呈现科幻作品独特的文化魅力。

三、立足中国当下，关照未来。在梳理和编选科幻经典的同时，我们的侧重点是立足中国当下，关照未来。希望能够汇聚当下科幻作家的优秀之作，挖掘出更多青年新锐作家的优秀作品，丰富和壮大科幻创作的规模，使科幻创作宛如大河流淌，使科幻历史的长河因强大的新生力量而变得更加波澜壮阔。

借由“百年科幻”系列图书的持续出版，希望能够提振和鼓舞科幻作家的创作信心，为广大读者提供优质的科幻读本，为科幻爱好者及理论研究者提供可资参考的文学样本。希望“百年科幻”系列在促进中国科幻事业的繁荣与发展方面贡献力量。

以上是打造“百年科幻”系列的目标和愿望。

王卫英

目
录
Catalogue

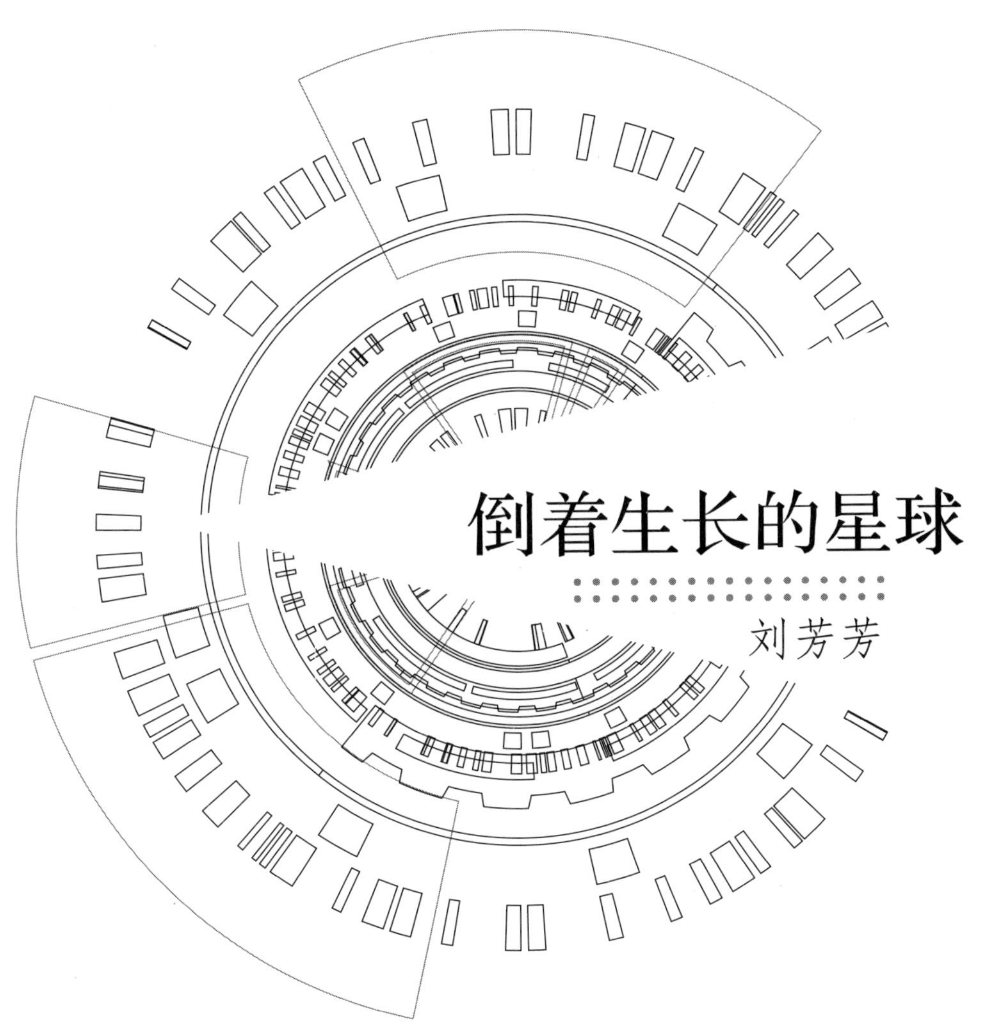

倒着生长的星球

刘芳芳

一　掉进减龄星球

好闷！我醒了过来。

我还没来得及掀开被子，就听到一个陌生的声音不耐烦地说："哎呀，见鬼！"

我揉了揉眼睛，这是哪儿？陌生的床，陌生的房间，还有一个陌生的女孩。

"这是哪儿？"我问坐在对面床上的女孩。

那个女孩看了看我，说："你掉进了一个球。"

"'掉进一个球'是什么意思？"

"就是'掉进一个球'的意思呀。"她打了个哈欠说。

我双手捂住脑袋，深深地吸了一口气，告诉自己要冷静下来。我冥思苦想着，我到底是怎么来到这儿的，这太离奇了。

哦，对了，我想起来了！我记得放学后，我和好朋友丽娅在雨后的大街上踩水玩儿。有一潭水是我抢先跑到那儿的，虽然是在大街上，但它看上去有些深邃。我犹豫了一下，最终猛踩了进去，想要溅到更大的水花……

然后……然后我醒过来时就在这儿了。

"你没事儿吧？"那个女孩叫马娜，她朝我伸长脖子问。

“我得赶快回去，爸爸妈妈会急坏的。”我对她说。

“我可不想回去。”她说。

我没有回应马娜，我觉得她在和我开玩笑。我推开圆圆的门，听到外面有人在说话。

门外的过道很窄，突然一群人从各房间出来，往过道的一头涌去。

“这是哪儿呀？”我问其中一个人。

可是那人没有回应我，我被挤在中间，只好一起往前走，直到来到一个大厅。

几分钟后，一个跟我弟弟差不多年纪的男孩，穿着一身有些严肃的制服走上大厅的中央。

“他是球长。”马娜不知道什么时候挤到我跟前，悄声说。

“我是这里的球长，”那个男孩说话了，“你们因为各种机缘，掉进了我的这个星球里。我也找不出什么办法送你们回到原来的地方，但有一点我能确定，你们在这里会变得越来越年轻，也就是越来越小。因为这个星球叫——减龄星球。”

减龄星球？！世界上竟然有这种奇异的星球！我想我今年12岁，也就是说过上一年，我就会减到11岁！开什么玩笑？！

“请问，你多大年纪？”有个男孩走到前面问那个看上去只有七八岁的球长。

“我8岁，”球长一本正经地说，“我当球长已经500年了。”

“你在说笑吧？8岁当球长也太小了。”那个男孩像我一样，根本不相信。

“是比较小了，”球长点点头，“我今年就会退休。”

“告诉我这里到底是哪里，我现在要回家。”那个男孩说。

“这个星球是单程线的，它无法返回。”球长没有看男孩，他望着其他人说，“听从我的忠告，好好地享受你们在这里的生活，这里其实也不赖。”

“哈哈……比起原来的生活，我更喜欢这里。”马娜没心没肺地说。

我听到旁边有人在抽泣，是一位阿姨，她一边用手背擦去眼泪，一边喃喃自语：“什么时候才能回家看我的孩子……”

“阿姨，这些不是真的吧？”先前质问球长的男孩问。

“一切如球长所说，是真的。20年了，我掉到这里时45岁，现在减龄到25岁了。可是我一点儿也不开心，我想念我的孩子，我的家人……”

二　实时水潭望镜

这不是在做梦。

这个球体的面积最多也就两个足球场那么大，它像地球一样，有白天有晚上，有草地有河流，有星星有天空。

“欢迎你来到这个世界。在这里，没人会变老，只会越来越年轻。”一个叫作毛利的男孩说，或许他在掉到这里之前，并不是男孩。

“我不想变年轻，我好不容易才长到12岁！”我没好气地回应。

“孩子，对于那些年纪大的人来说，在这儿是一件好事。但对于你这样的小女孩来说，就不是什么好事了。”想念家人的阿姨面带忧伤地说。

我不想在这里待个12年，然后重新变成婴儿。还有，最后，我上哪里去了，彻底消失了？

“这里的人会受伤吗？”那个新掉下来的男孩哈克问。

“会呀，不过当你往回倒着长的时候，伤口就会愈合。”毛利说。

“看来也并不全是坏事，”哈克笑着说，“至少我额头上的这块疤会变没有。”

“可我不想一直在这里，”我一向是个急躁的女孩，现在这些事让我更加焦躁不已，“我想回家！”眼泪从我眼里流下。

“我会帮你，麦兜。”马娜神神秘秘地凑近我的耳朵悄声说。

晚上，我跟着马娜偷偷离开房间。她带着我爬上一处山坡，快到坡顶时，她蹲下去，拨开了一片茂密的草丛。草丛后，露出一个隐秘的洞。

“为什么要到这儿来？”我没好气地问马娜，马娜对着我一笑，示意我跟在她身后钻进去。

我们在洞里摸索着走了很久，终于来到一个水潭。我不知道马娜为什么要带我来看这潭水，它只会让我想起我掉到这里之前的、原来世界的街道上的那潭水。

突然，马娜指着水潭兴奋地小声叫：“快看！”

顺着她手指的方向，我看到一道月色的光亮照在了水面。

马娜匍匐到水潭边，轻轻地拨起水来，水泛起一圈圈涟漪。

天，那是什么？！看到水潭里忽然出现人影，就像海市蜃楼一样，

我吓了一跳。

“嘘……这是个能看到原来世界的‘实时水潭望远镜’。这是我给它取的名，是我无意中发现的。”马娜兴奋地说，“每次在月光下拨拨水面，我就会看到家人。嗯，就像是偷窥，而且是正在进行时。”

我看到水面上显示，一男一女正在吵架，一个砸了水杯，另一个则拿起一本书向对方扔去，随即另一个不知在愤怒地说些什么，摔门而去。

“这就是我不想回去的原因。”马娜爬起身说，“不过他们还算有进步，以前他们只为自己吵架，现在好像因为我在吵架。好了，轮到你了。”

原来吵架的男女是马娜的爸爸妈妈，我多少有些同情她，毕竟总是吵架的父母，让孩子反感。

我小心翼翼地用手滑过水面。涟漪，一波又一波。随即，我看到了我做梦也想回到的家。

爸爸妈妈正在客厅，妈妈看上去像是好多天没睡过觉似的，显得很疲惫。还有爸爸，他正在打电话，眉头紧锁。忽然，我弟弟头上罩着一件露出眼睛的纸袋，在妈妈跟前跳来跳去。妈妈朝着弟弟大声喊叫，就连爸爸好像也在指责他。我弟弟沮丧地拿下头上的纸袋，离开了客厅。

我大概能猜出，爸爸妈妈在寻找我，而我弟弟很不识相，所以他成了他们的发火对象。

我很想一直看下去，可是当月光从水面离开，我就什么也看不到了。

“我要一直待在这儿，等着月光再次照在水面上。”我对马娜说。

“别傻了，这可不是个好主意。”马娜关切地望着我，这让我对她有了好感。

“既然这里能看到原来世界的家人，”我认真地对马娜说，“肯定有能回去的办法。”

“不可能！”马娜立刻反驳道，“不知有多少人掉到过这个星球里面，为什么从来没听说过有人回到过原来的世界。”

马娜的话让我很泄气。可我真的想回去，我对自己在这里以后的生活充满了恐惧，我没法像马娜那样接受现实。

三　奇特的窗户

我孤孤单单地坐在椅子上，看着电视。电视上是一只不知名的动物在说话：“当你看到这个节目时，就意味着你变小小小小……了！年轻人，向你们问候！”

这只动物说话的声调太令人讨厌了，它在上面讲述着掉进这里的人如何年龄倒着往回长，如何变成婴儿，最后婴儿像清风一样消失。

我在等待夜晚，我每天会固定跑到那个隐秘的洞里观望家人，有时还会看看同学。每次看完他们，我就为自己的处境更加担忧。

电视让我无聊，马娜也不知上哪里去了。我走在大街上，最后坐在一块石板上。

“你好像有些忧伤。”一只狗歪着脑袋向我打招呼，吓了我一大跳。

“我很讨厌这个地方。”我盯着它的嘴巴看了好一会儿才回答。

狗点点头：“你能帮我的后脑勺挠挠痒吗？我的爪子够不着那儿。”

我帮它挠了挠后脑勺。

“谢谢，好多了。”狗发出愉快的呼哧声，“你真的讨厌这个地方？”

我点点头。

“你是想要回到你原来的地方吗？”狗盯着我问。

我又点点头。

狗往我跟前凑了凑：“我会帮你的。”说完它就跑了。

当天刚擦黑时，我要去那个洞。出门时，我碰到了马娜。

“天还没完全黑呢，你又要去？”她说，“等等我，我同你一起。”

于是，我们一起向洞的方向走去。

当月光照上水潭，我再一次看到了妈妈，她好像生病了，脸色苍白地躺在床上。

我想要摸摸妈妈憔悴的脸，谁知讨厌的马娜伸出手，往水面拨拉了一下，于是水面上出现了她的爸爸妈妈。

我看到，马娜的爸爸妈妈望着马娜的照片流泪，马娜的爸爸上前搂住了她妈妈的肩，两个人看上去非常得难过。

“他们从来没有这样过……”马娜呆呆地看着，我回头看她时，她眼里充盈着泪。

“啪……”很轻的一声，我却听到了，是马娜的泪珠溅进了水里。

突然，我感觉洞好像在摇晃，头有点儿晕。我抓住石块以稳住身体。

一阵眩晕后，我听到马娜压着嗓子在叫。

我向她望去，却看到她趴在地上一脸兴奋。

天，这是什么？眼前的水潭消失了，竟然露出一串串通往地下的台阶。

我们怀着不安和好奇往下走去。不知拐过了多少个弯，最后我们走到了尽头。尽头有一丝亮光透进来，我扯开遮住那亮光的东西，一个小小的窗户出现在了眼前。

我的头向窗户凑去，忽然，一阵嘈杂声由远传来。

我去推窗户，谁知那个窗户却像是坚硬的花岗岩，这分明是个窗户形状的墙！可是声音是从哪里传来的？

突然，我听到水汩汩流动的声音。我看向窗户，窗户上竟然显现出我熟悉的家，我听到妈妈在叫：“真是怪事，水龙头自己打开了。”

“可能水龙头出问题了。”爸爸的声音我也听到了。

“妈妈！爸爸！”我急切地叫。

我看到妈妈正要走开，然后身子顿了顿，问爸爸：“你听到叫声了吗？”

“什么？”爸爸望了望妈妈。

“妈妈！”我又大叫一声。

这次，他们好像都听到了我的声音，他们惊异又急切地往房间的周围看，甚至跑到门外去找我。

他们看不到我，但能听到我的声音！这个窗户像是实时的播放屏……

四　它想当我的狗

他们没有找到我，妈妈哭了起来，爸爸一脸难过地站在一边。

我离开小小的窗户，马娜拍了拍抹泪的我，然后把脸凑到窗户前。

我坐在窗户下，大脑不停地飞转，我一定要找出突破口，回家。我在窗户周围打转，我敢肯定这里一定是个出口，不然我怎么能听到妈妈爸爸的声音？

这时，我听到有声音由远而近，不是窗户外的声音。

是那只狗，让我在大街上帮它挠痒痒的狗。它怎么会找到这里？

“不用猜测了，我知道你在这里。”它抬头看了看肩膀一耸一耸的马娜，她好像在抽泣，“我是来帮你的。”

“帮我什么？”我问它。

“帮你回家呀。”它说。

“真……真的？”我怀疑地望着它，希望它没在开玩笑。

“不过我有个要求，”它说，“你得带我走，让我当你的狗。我一天至少要喝三次新鲜的水。我喜欢掺水的狗食，不喜欢干东西。我喜欢玩球，喜欢在公园里散步，喜欢飞碟。哦，我还要用抽水马桶。一想到这些，我就太高兴了！”狗把它的爪子搭在我的腿上，“我知道你肯定会对我好的。”

“它在说什么？”马娜揉着通红的眼睛问。

“它……它想要我养它。”我说。

马娜笑了：“那就养它吧，它看上去是一条好狗。”是的，我也承认。

“你有什么办法帮我回家？”我问狗。

“它能帮你回家？回原来的地方？”看来马娜刚才忙着听家人的对话，没听到狗对我说什么。

“是的，我会帮她的，如果你愿意，我也可以帮你回家。你说了，我可是一条好狗。”狗绅士地说。

“那好……好吧。”马娜好像有些犹豫。

“请站在一边，你们俩。”狗示意我们离开窗户。

然后，它走到窗户前，两个前肢像人一样，放在胸前握在一起，嘴里不停地念叨着什么，难道是咒语之类的？它念完咒语我们就能回家？

“巴拉巴拉，开启！”狗的爪子伸向窗户叫。

我和马娜紧盯着窗户，以为它会打开，结果很让我们失望。

“我换个法子。”狗像人一样拍了拍自己的双爪。

“呀！哈！嘿！”狗在我们面前耍着古怪的招式，有点像打拳。

“扑通！”狗把自己绊倒了。

“你这是在干什么呀？”马娜有些不耐烦起来，“在逗我们玩吗？”

“好吧好吧！”狗从脖子上扯下一个骨头坠饰，“只是想让你们放松一下神经。”

狗朝我歪了歪脑袋，示意我跟着它。

我看到狗将小骨头往窗户正中摁了下去，窗户中间忽然就出现一个小型旋涡！那旋涡飞快地旋转着，口子越旋越大！

随即一股吸力朝我而来，我的双脚抬起，身子横成线，脚的一头被吸向了那道圆洞。难道这就是回家的方式？我还来不及思考窗户外会是何种情况，我的身子忽然就被圆洞卡住了——身子的一半在外，一半在里面。

五　回到原来的世界

“差点就晚一步！”一道稚嫩的声音说，是那个8岁的球长。

“你们绝对不能离开这里！”他说，“从来就没有人能离开这里，你们也一样！”

“你骗了我们，说是帮我们想回家的办法，现在我们可以回家了，你却来阻拦！”我努力抬起自己的半个身子，抬头看向球长。

“我不只为自己，更多的是为那些在这里变年轻了的人！”球长板着脸说，“这是个只能进不能出的球。一旦有人离开它，减龄球就会毁灭！”

“可以一起离开呀！”我叫道，“马娜，你说说话！”

“球长……”马娜总算吭声儿了。

“马娜！”球长尖声说，“你外婆多年前也掉进了这里，她当初掉进这里时，已是癌症晚期！她是在这里因为减龄才恢复健康的，你认为她现在回到地球能活下去吗？”

球长顿了顿：“还有其他在这里减龄很多岁的人，他们怎么办？他们一旦出去，就会灰飞烟灭！我……也会跟着我的星球一起毁灭。”一向老成的球长急得喉咙哽咽了。

“球长，让孩子们回到属于自己的地方吧！”一位阿姨突然出现。

马娜跑上前，抱住了那个阿姨。如果我没猜错的话，那是她变年轻的外婆。

“球长，一切到此为止吧。我的生命在这里倒着生长，还恢复了健康，这已经让我多活了很多年，足够了。”马娜的外婆说。她抚摩着马娜的头，马娜晃着头不停地流着泪说“不要”。

接着其他人也走上前。他们望着卡在窗户上的我，又望着球长。有人欣喜，有人忧伤，有人难过，也有人无忧无虑。是的，那些变小的人，大脑、心性也变得和孩童一样。

难道我真的没法再回去了吗？我的眼泪从脸上滚落到地上。

“球长，让我们回去吧！”先前那个想念自己孩子的阿姨说，“哪怕我老得走不动，我的孩子认不出我来。”

“让他们走吧，从哪里来回哪里去。”有人说，“不要像我们，多活了很多年，却失去了亲人……”

我没在这里生活很多年，我来的时间并不长，我的年龄只不过减去了一些天数，我也无法了解在这里减了很多年龄的人。但我知道，我想要回家，回到爸爸妈妈身边，还有弟弟。我不想在这里倒着生长，被减龄成婴儿，然后消失不存在，我好不容易才长到12岁！

我不知道是什么打动球长的，也不知道他心里是何想法，我当时只想着自个儿的事，就在旋涡突然将我吸出窗外时，我清楚地看到球长的手往墙上摁了什么，我抬头时，还看到了从他眼里滚下的泪珠，清澈，透明。

怎么形容我落地时的状况呢，我觉得自己就像是从半空中冒出来一样，突然就跌倒在我掉进减龄洞之前的那条街道的积水前。

“麦兜！哈哈，这下惨了吧！”我看到，我的好朋友丽娅在不远处用手指着我，开心地大笑。

我顿时有些恍惚，好像减龄星球的生活是一场梦……

“汪！带我回家吧！我要吃加了水的狗粮！”狗，对，是它，帮我的狗，它没有任何变化，但我仍能听懂它的语言。

“真可爱！”丽娅跑了过来。

我在减龄星球时，时间在倒退，然而在这里，时间却停驻不前，直到我的回归，它才恢复了正常运转。

好像一切都没有变，但又好像都变了。

不久后，我收到了马娜的来信，离开减龄星球，她变成了大姐姐。她在信里对我说，爸爸妈妈很爱她，她也爱他们。只是，她很想念自己的外婆。

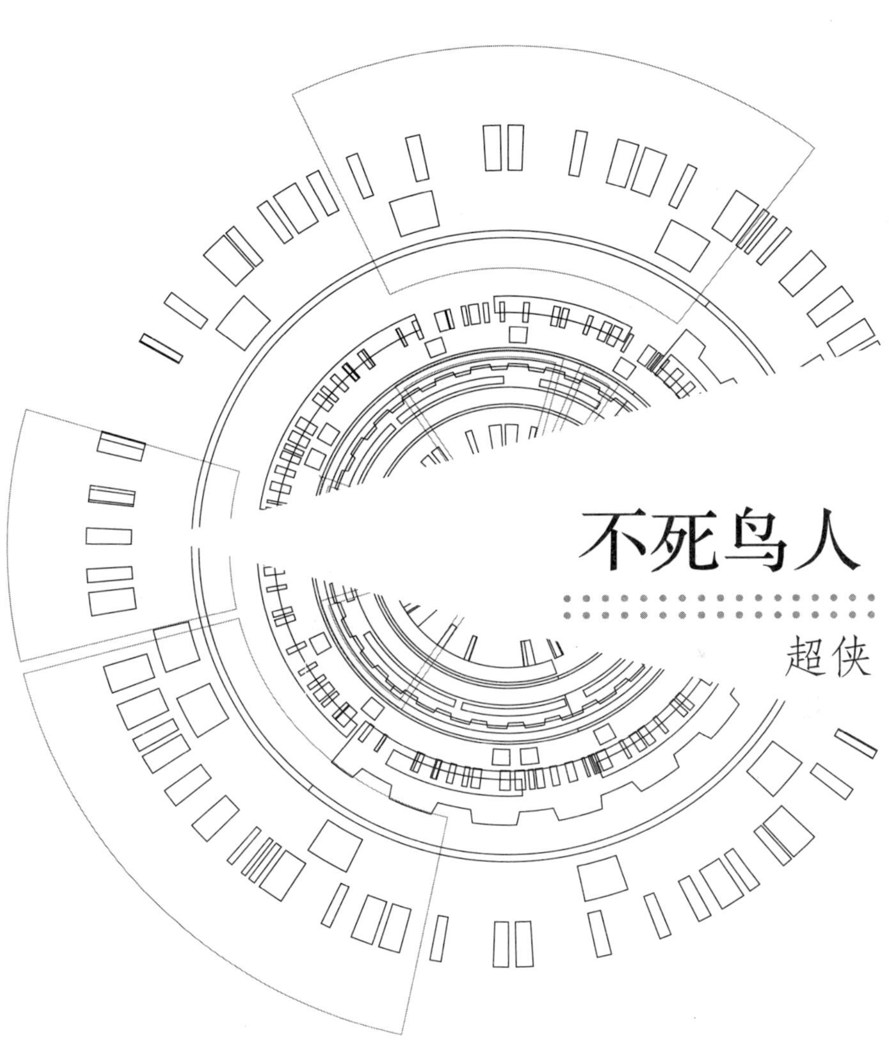

不死鸟人

超侠

事情发生在上周六早晨我百无聊赖拿着弹弓去树林子的时候。真的没想到，我们居然会打下了一架飞碟，而就因为我们无意间拯救了地球的这一行为，害得我考试差点没及格，还被老师和爸爸妈妈骂，真是得不偿失啊！

我家后山是一片树林子，又大又广，树林又密，每天都有许多人去那找鸡枞、采黄袍、捡柴火。我和几个小伙伴，最喜欢提着弹弓啊什么的，去树林子里打树叶，比赛谁打得远。

树林里有各种各样的小鸟飞来飞去，褐色的麻雀、绿色的鹦鹉、红色的鸡冠鸟……我们从不打鸟，一是因为鸟儿很可爱，二是因为打弹弓气力不够，拉不太开，用的又是泥巴弹，打鸟基本上是打不着的。不过，我们有时候会吓唬那些到树林子里的人，用弹弓打他们身旁的树叶、花草什么的。

这些人，往往在抽烟，或者方便。有时他们在爬山的时候，遭到我们的突然“袭击”。我们行动犹如鬼魅，一旦得手，便一哄而散，只留下茫然恐惧的他们。如果被发现了，我们就赶快跑掉，为了不被认出来，我们还在头上、身上插上树叶隐蔽。

没有想到，那天，地球上正在进行一场神圣而庄严的外星建交活动，活动的位置就在我们这片森林里。建交的一方，是来自高贵的呜里哇啦星的使者；另外一方，就是地球上的一群小麻雀。

当首席大使对着小麻雀深深鞠躬、自我介绍之后，说：“希望地球上最具智慧的生命，能和我们建立平等和谐的友谊，让我们的友谊绵延千年万年。”

小麻雀的回答是：“叽叽喳喳，叽叽喳喳喳！”

大使拿出翻译器翻译后，连连点头，一个劲儿地说：“好，好，没问题！”他伸出手，想要和小麻雀建立身体接触的最高仪式。

没想到小麻雀一口就将大使吞掉了，还打了个嗝。

呜里哇啦星的使者团惊呆了，没想到地球生命这么没礼貌，他们穿越了几百亿光年的虫洞来到这里，正好端端地谈着呢，对方就一口把使者给吞掉了，那还了得啊！

呜里哇啦星的将军认定此次攻击并非意外，而是蓄意挑衅，决定向地球生物发动攻击，毁灭整个地球。

他们用最先进的武器，对准地球，即将发射中子弹，这种武器比原子弹、氢弹更为厉害，辐射效应更大，穿透力强，但冲击波、光辐射、热辐射和放射性污染比其他核武器要小。

这些情况，都是我后来才了解到的。当时，我和小伙伴们正在林间蹿来蹿去，看到一只麻雀从高空掉了下来，落在我的脚下。它的嘴巴被什么撑开了。我心觉奇怪，于是拿起那只小麻雀，然后看到它的嘴巴里，有一个半透明、小拇指般大的人，正从里面钻出来。

在我惊得像是吞了一只大鸡蛋被噎住时，高空中一个物体一闪，向我跟前盘旋而下，我也不管三七二十一，提起弹弓就把那东西打了下来。

我的天啊，原来那是一个小小的银盘，上面还有碉堡状的东西，如同饭桌上的一盘八宝饭。我最喜欢八宝饭了，可为什么“八宝饭”会飞呢？

直到从“八宝饭”上钻出了一些小拇指大的小人，我才明白，我接触到的是什么。

对，他们一定是外星人，太好了，对于外星人的到来，我期待已久，但没想到他们是这个样子的。不过平时热衷于看科幻小说的我，知道天外世界中，外星人不一定都和我们一个样子，他们可能巨大无比，也可能小得像一颗原子，他们可能是气态的，可能是液态的，也可能是固态的……

我把那只鸟嘴里的小人拿出来，放到“八宝饭”上，他和那些“八宝饭”上的小人都欢呼雀跃起来，口里发出了鸟叫之声。

我问他们：“你们是从哪个星球来的？”

他们一个个都一模一样，像是半透明的蜗牛组成的小人，我也分不清谁是谁。但其中一个比较胖的家伙，走到我前面，不一会儿，我听到了他的声音，虽然很小，但还是能听清楚——是中文，不再是叽叽喳喳的鸟叫。他的声音很惊讶：“行了，翻译器能用了，啊？难道你们才是这个世界上最具智慧的生命？”

我说：“是啊，我们是人类，你们呢？”

“天啊！原来这是巨人星球，而不是尖嘴羽毛星球！”有一些半透明的小人叫了起来。

“好啊，竟然是这个样子，那就非常危险了。我命令，发射中子弹，干掉这个星球的巨人，由我们来统治这个星球。”一个最高最大，有大拇指那么大的半透明小人钻出来说。

我怒道：“你是谁啊，怎么随随便便就想侵略我们的星球呢？”

那个最大的小人说：“我是这次远征军的统帅——哔哔哔！”

我伸出一个手指头，往他身上按了下去，他像一块橡皮泥那样，瘫软了下去。我吓了一跳：“这么脆弱，随随便便就没骨头了吗？”

被按扁了的哔哔哔一下子又跳了起来，说：“怎么可能，我们呜里哇啦星人，每个人都有钢铁之躯，能够在绝对零度下生活，也能在岩浆中洗澡，你这轻轻一按，怎么可能把我们怎么样？”

我不大相信，问道：“你们真的这么厉害？”

哔哔哔说：“那当然啦！”

旁边那个从鸟嘴里钻出来的瘦弱的半透明小人过来说：“既然见到了这个星球的统治者，那我们还是正常建交吧！”

我问：“你是？”

那个透明小人说：“我是呜里哇啦星的大使咔鲁巴！”

我也搞不清楚这外星人什么来历，心里想着，是不是要报警，但他们是外星人，报警又有什么用？

我便说：“我是这个星球的老大奇奇怪，你们有什么事情，找我就好！”

咔鲁巴对我深深鞠躬，伸出手说：“尊敬的奇奇怪陛下，我们的星球，由于内部星体坍塌，即将凝聚为黑洞。我们之所以远征到这里，是想找到适合生活的星球，与碳基生物和平生存，并不是为了发动战争。请你放心，我们绝对不会使用核武器，摧毁你们的星球。”

我点点头，说：“好，我们先回家去吧！在我家举行建交仪式。”

建交仪式在我家的饭桌上举行，爸爸妈妈都不在，我就用盖子将“八宝饭”飞碟给盖住了，伴随着庄严的流行音乐，我代表地球，和他们一一握手，然后我往里面浇了滚烫的热水，他们都乐呵呵地洗了一个澡，但是他们还认为水不够烫，最好是一千度以上。我又将他们放到冰箱，他们认为那又不够冷。我用锤子砸他们，他们扁了，又跳起来，一点事都没有。

看来，他们真的是天下无敌啊，烤不煳，冰不冻，砸不死，恐怕连子弹都射不穿，只是给他们挠痒痒。

我真担忧他们这样的外星人，假如他们入侵地球，地球人能否抵挡。我笑嘻嘻地问他们："你们怎么这么厉害，难道什么都摧毁不了你们吗？"

哗哗哗大笑道："那当然啦！我们的身体是由特殊晶体结构组成的，原子与原子之间的间隙极小，所以我们的强度和硬度，是你们几乎无法想象的，比你们这里最硬的石墨烯还要厉害。"

我心中一惊，却听咔鲁巴说："尊敬的地球使者，我们虽然是由硅基材料构成的，但我们必须附着在碳基生命上，才能活下去。"

在我大惊之中，他们全都扑到我身上来了，那种情形，就好像我一张口，一碗八宝饭全都飞进了我的口中。

我有一种全身都穿着无敌战甲的感觉，他们躲在我的身上，钻入我的皮肤分子间隙内，自由惬意地生活。

我带着他们去上课，到了学校，没遇到什么事，除了老师批评过我几句。有校外"小霸王"想欺负我，可是他一拳打到我身上，竟把自己的拳头都打脱臼了。放学了，我还遇到两个抢劫的小混混，我直接上去，把他们给撂倒了。路上有车子挡住了路，我随手就把车子给拨开了，还好有惊无险，没有发生事故……

天啊，他们在我身上，就像令我拥有了超级异能，给了我宇宙神功。

这是我最快乐的一天，又是最恐惧的一天，我想象自己将要成为万众瞩目的超级英雄，又想到肯定有无数的科学机构，将要拿我去做科学实验，我能逃过这一劫吗？

等我回到家后，他们都从我身上下来了，钻回了他们的“八宝饭”飞碟里，一个个战战兢兢、哆哆嗦嗦、东倒西歪、痛苦不已。

我问：“你们怎么了？病了吗？”

咔鲁巴苦兮兮地说：“地球人太厉害了，我们实在支撑不住，再这样下去，没过两天，我们就全都死翘翘了！”

我惊道：“啊，怎么回事？发生了什么？”

咔鲁巴说：“你难道一点感觉都没有吗，你太厉害了吧，这样你都不怕？你的老师在批评你……”

我“哦”了一声，说：“那又怎么了？”

咔鲁巴惊愕地道：“这你都没事？你居然没事？哇，你太强了，太强了！我们，我们感受到了暗能量的存在，我们再感应到这样的负面能量，就会很快病死的。”

我心中一乐，不就是被老师说几句吗，那怎么了？只要厚着脸皮，硬着头皮，假装听不到，不就没事了吗？

我又情不自禁地乐起来，太好了，老师骂我实在是骂得好啊！我总算找到对付这些可怕的拥有不死之身的外星人的方法了。

我让他们再继续附着在我的身上。晚上吃饭时，我把今天考试的卷子拿出来，递给爸爸和妈妈看，爸爸妈妈气得当场就连珠炮似的痛斥了我一顿，上天入地下海，把我贬得完全不像是他们所能产生出的后代，对我哀其不幸，怒其不争。等他们骂得气喘吁吁大汗淋漓时，我高兴地跳起来，对爸爸妈妈恭敬地说：“这回肯定成功了，谢谢爸爸妈妈。”就转身跑了。

我听到爸爸妈妈在后面石化的声音。

当鸣里哇啦星人从我身上下来时，已经奄奄一息、气若游丝了，他们恳求我，快点毁灭他们吧，他们再也不愿意听到那些骂我的话，那些伤自尊的话，那比死还要难受得多。

本来，我准备像古代的帝王那样，来个“罪己诏”，大骂自己一番，给他们最后一击，但看到他们在盘子里扭来扭去、痛苦不堪的样子，我的心又软了下来。

翌日早晨，晨曦微露的时候，我把他们带到了后山树林里，我对他们说：“你们一人选一只鸟，和它们融合，一起生活吧，在那里，你们会得到自由，不会再遭到辱骂了，不会再病死了，去吧！”

天上飞来了五颜六色的鸟儿们，像啄食八宝饭那样，将他们都吞进了肚子里。他们很快就从鸟儿们的头上钻了出来，骑着自己的座驾，高高兴兴，飞向了远方。

唉，我不知道做得到底对还是不对，是给人类埋下了祸根，还是做了一件善举？

后来，据说又有新的外星人入侵地球了，但是他们遇到了地球上的守护者，他们坐着各种鸟儿，刀枪不入，不惧射线和激光，连核弹都难损其分毫，将那些新的外星人都吓跑了。

一天，上课时，窗外有鸟飞过。

我望着他们，呆呆发痴，老师发现了，又把我叫起来，厉声问我能不能认真点儿。我忽然感到内心非常疼痛，厚得起壳的脸皮，也变薄、变柔软了。

我失声大叫着，泪流满面，向着窗外的鸟儿们飞奔而去。

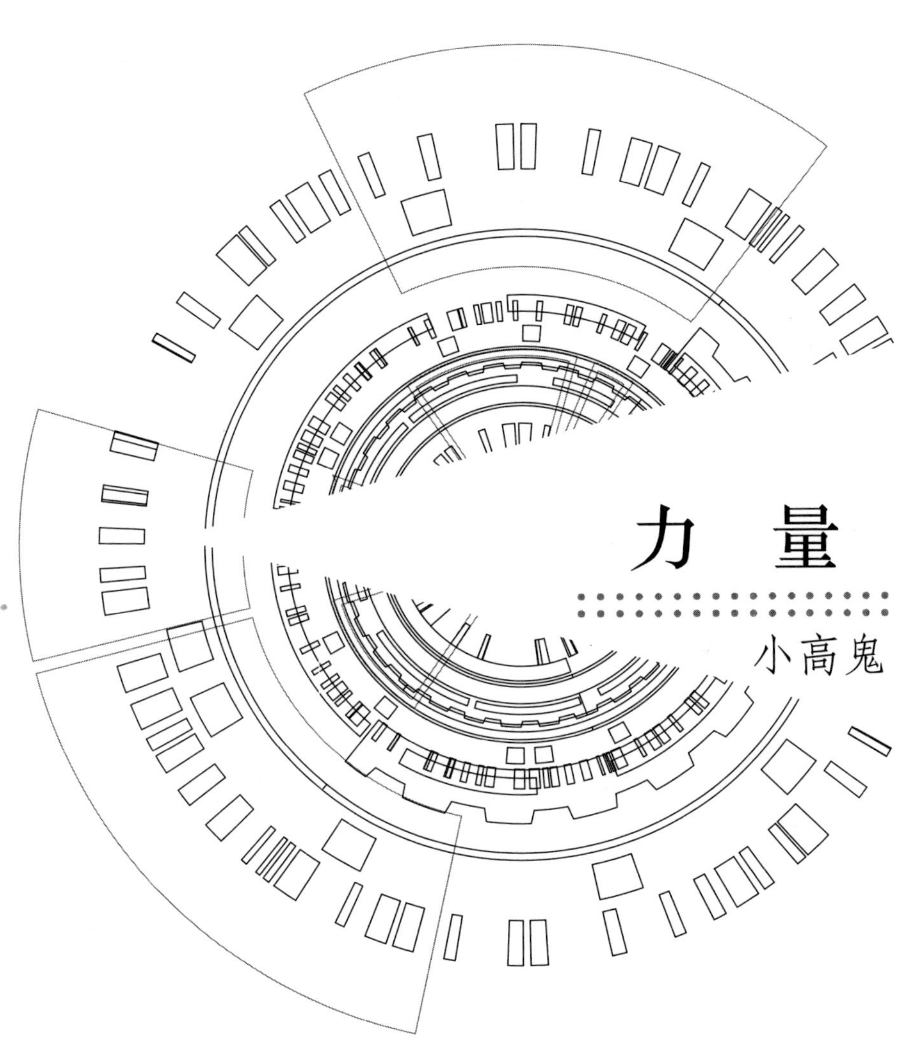

力 量

小高鬼

有一种神奇的力量，能够拯救文明的发展，也能摧毁文明的进程，它是什么呢？

一　什么是地球人

“什么是地球人”的问题，在迎接地球人访问团的飞船将要抵达天狼星第四红伴星之前，成为天狼星人的热门话题。

在他们无声无息的、仿佛云团的意识流的语言图谱中，几个最具代表性的主流猜想，逐渐被天狼星人的有形语言推到意识流的顶端，翻译成地球主流语言是这样描写的——

“地球人与天狼星人有血缘关系，体内流淌着高贵而湛蓝的血液；一对黑黢黢的风洞状眼睛闪烁着不安的光芒；在眼的两侧偏后的位置，各有一只辨别声音的器官叫耳朵，从相貌与进化论上分析，比没耳朵的天狼星人略显逊色一些；眼下正中央的位置，高耸的鼻头凌驾在大嘴巴上方，偶尔会流出一种透明的黏稠状液体，宛如天狼星人有形语种的液态化；地球人的双臂和双腿因艰难的生存环境而进化得非常灵巧；三至五米的小体型足以将猛犸兽的大牙齿掰成两半！哦哦，别问我猛犸兽是什么？我也没见过。

“从地球人需要我们亲自迎接的事情上分析，他们当中绝顶聪明者的智力仅次于天狼星人的幼儿期。但是地球人生命延续的方式优胜于天狼星人，他们采用一种古老又神秘的生儿育女的基因遗传技术，每过几十年就更新一次生命，周而复始不断循环新生命。相比天狼星人刚一诞生就被定制此生只有短短的50万年，简直是令人向往不已。可怜的地球人需要二氧化碳、蛋白质、液态水、太阳光、土壤和植物等多种多样的元素和条件维持生命，这并不代表地球人贪婪，而是说明了地球人的脆弱，以及对资源的依赖性强，因此他们离不开地球，迄今为止也没发现我们。他们落后的群居生活方式，导致彼此之间不离不弃，羁绊于各种复杂关系，这也恰恰证实了地球人没有野心，不具有攻击性，对天狼星人完全不构成威胁。

“地球人的文明程度是奇妙的，他们不知道自己的起源，将自身的诞生方式定性为未解之谜，同时从未停止过对自身灭绝方式的种种设想。如此滑稽的想法表现出地球人软弱的一面。由此可以断定，他们至今也不知道我们的祖先创造他们的秘密。地球人能够创造出原始的太空飞行工具，冲出保护他们的大气层，在数以万计的星系中，探测同样具有可以吸收光谱线的大气层的行星，以此为依据来判断他们不孤独，或者企图找到第二颗地球。这种愚蠢而可笑的行为应该受到制止，甚至审判……”

第四红伴星的飞船停泊区上空，地球人大猜想的意识流语言缓缓漂移，红色、蓝色、白色的极光慢腾腾地闪烁，参与讨论的天狼星人达到了空前规模。

“这些人的脑洞被陨石撞出了坑吗？竟能设想出这么滑稽的地球人。”名叫小启点的天狼星人被族群长召来，负责在此区域和他的10万个亲兄弟迎接地球人访问团的到来。

“小启点，你的话与主流语相悖，快收回你的话，别让大家看见你的话。”大启点是小启点的第18000号哥哥，因为他们所在的恒星陨石观察点相距较近，所以平常交流较多，关系不错，“关键时期，必须营造友好的言论氛围。”

小启点将说出去的话在即将上浮到主意识流之前吸进肚子里，它们在体内被格式化后，变成氧分子。

“改成定点私聊模式！”大启点说，“你知道族群长会议为什么要迎接地球人参观天狼星吗？”

“之前听说过！”小启点说，“在某些地球人的记忆中，并未抹掉我们是他们同类的内容，地球人希望得到我们的援助，让他们停滞不前的科技突破壁垒。”

“这是族群长们的公开说法！”大启点将意识流语言再次降低为加密模式，“真正的原因恐怕并非如此。”

“那会是什么呢？”小启点盯着恒星摆动捕捉器上的银河系坐标点，忽然发现天狼星的飞船光谱，“他们快回来了！”

“如此隆重又高规格的欢迎场面，是隐藏不住答案的。”大启点抖抖软塌塌的肩膀，瞥见族长信使向他们缓缓走来。

“信使大人，您的精神状态真好啊，一会儿工夫就来到我们这儿了。”大启点用红色意识流语言向信使大人问候。

“那是当然的！”信使大人说，“能够亲自参与天狼星诞生100亿年庆典，迎接地球人访问团，是我毕生的荣耀。”

“啊？”大小启点同时发出白色的疑惑式语气。

“难道你们不知道吗？啧啧，真是两个恪尽职守的兄弟。”信使大人站在大小启点面前，为他们纠正了松松垮垮的站姿，说，“我正在你们兄弟当中挑选助理，负责向地球人访问团送礼物和其他事宜。现在，你们两兄弟可以出列，紧随在我身后。”

“是！”大启点受宠若惊，急忙催促木讷的小启点跟在信使大人的身后，一团殷红而颤抖的气流语表达出他的激动心情。

信使大人带领大小启点来到宴会场，对负责搭建会场设施的族团小队提出进一步要求：在天狼星灰白系主色调的基础上，融入地球淡蓝色的气氛；临时搭建的几大行星发光体星球桥，要将地球的主位朝向飞船舱门开启的方向；另外，欢迎口号的颜色以红、蓝、白三色为主，颜色顺序按照主语变色，在地球人听不懂的前提下，要让他们看得舒心。

准备工作有条不紊地进行着，大小启点跟随信使大人来到迎接点，恭候天狼星飞船的降临。地球人访问团的神秘面纱即将揭晓。

二　地球人表彰大会

深邃缥缈的宇宙空间中，忽然出现了一团璀璨的银色亮光，好似宇宙温柔地睁开眼，释放出瑰丽的极光。

一颗双半圆并拢的液态体球型飞船，从眼睛里飞了出来。超时空的降速飞行令它的外部轮廓中出现了一圈螺旋式气态风暴，荡起一波波的宇宙涟漪。这幅美轮美奂的景象，令10万名天狼星人规模的欢迎列阵齐刷刷抖动起来，好像同时打了两个趔趄。

飞船终于在第四红伴星停泊口上空悬停下来，圆球体如河蚌张口，从中间吐出白色的舌头——主芯舱。

锥形的主芯舱徐徐降落在泊位上，舱门缓缓打开，与地球人使团一同前来的天狼星人最伟大的英雄探险家——蓝体使者率先站在舱门口，向众人挥舞大触手。

“那是什么动作？”小启点向大启点私聊道。

“可能是请求帮助吧？”大启点说。

但见前面前来迎接的信使大人默不出声，只是挥手，迎接列阵也就傻傻地注视着他们。

高高在上的蓝体使者低头睨向信使，向他发出一句私聊气体语：没收到信息吗？可以欢迎了，要让地球人感受到我们的热情。

信使大人恍然大悟，原来蓝体使者也需要地球人的欢迎仪式。他立即向10万人的迎接队伍发出红色气体语。霎时间，飞船泊口上空出现了一簇簇红色气流柱，密密麻麻的好像一片红色树林。它们缓缓上升到行星发光体星球桥上空后，以垂直状游离成柔体的巨大旋涡，随后汇聚在一起，呈现为红色星球状；紧接着，是蓝色光环围绕着它，最外围是白色光晕状的语言，翻译成地球人的主流语是三句话——

欢迎欢迎……

热烈欢迎……

天地一家……

欢迎的氛围热火朝天，场面蔚为壮观。10万人的列阵同时模仿蓝体使者挥舞触手的动作，更令蓝体使者心潮澎湃，自豪感满满。

地球人访问团的四位代表终于出现了。

小启点惊愕地望见，三个胶囊状悬浮冬眠舱依次飘出舱门，后面跟着一位闪烁着蓝色光点的金属人，他与蓝体使者一同走出舱门。

欢迎列阵以星球桥为中心轴，注视地球人访问团通过迎宾道，进入宴会厅。这一刻，所有天狼星人都失望了，谁也没有猜对地球人的长相，他们居然是金属棒型的。

其实，地球人的真容很快就会揭晓，并将实时播送给天狼星人。

在密闭的宴会厅休息室内，蓝体使者将空间环境调控到适合地球人生存的舒适温度，在氧气充足的前提下，地球机器人输入秘钥，开启冬眠舱，为三位人类代表解冻……

天狼星人解说员，以最有力度的红色闪光气体语说——

地球与天狼星，8.7光年的短暂距离，180年的瞬间飞行，宇宙中两个孤独的高级文明的首次亲密接触，将碰撞出无与伦比的未来文明。

三位人类代表终于苏醒，分别是——

黑卷发、黑肤色的非洲文明代表——小男孩勒多贡；

黄头发、白皮肤的欧美文明代表——小女孩艾米丽；

黑头发、黄皮肤的亚洲文明代表——小男孩李想想，外带一只纯白色老母鸡。

天狼星人全部回避后，地球机器人为三位代表做了细致入微的身体检测，补充了适量的营养液；随后按照流程，进行心理疏导和全面回忆。三位代表逐渐清楚了自己的任务后，艾米丽的泪水开闸似的流淌，勒多贡双手攥拳沉默了好久，李想想只顾着观察鸡笼里的一颗鸡蛋……

宴会厅里，天狼星人接待团等不及了，信使征得蓝体使者的同意，派大小启点去休息室里催促。

“请代表们进入宴会厅！”小启点站在门口，把他的蓝色气体语从门缝里吐进去。

地球机器人为三位代表佩戴了VR翻译镜，识别了天狼星人的语言之后，三人来到宴会厅——巨大的陨石坑上覆盖了一层蓝色气态光膜，好像曼妙的天宫，坑底的表面上分布着蜂巢状的细小透气眼儿，散发出水蒸气，小气泡如溪水般潺潺流淌，噗噗破碎，声音悦耳又亲切。小气眼儿中，还冒出一些宛若章鱼的绿色茎状植物，开着粉红色桃心花朵，貌似将熟的小番茄，充满惹人爱的亲切感。宴会厅营造的氛围主题是：天地一家亲！

“大启点，我刚看到那位红黄毛毛的地球人，从眼睛里流出透明的液体！”小启点和大启点私聊。

“都猜错了吧，地球人的血是无色透明的，跟我们不一样。”大启点的触手吸着一个蛋形气囊。

“真想去地球看看。”小启点望见信使等人将地球人访问团请到宴会厅中央。

“那可不容易。”大启点和小启点走向信使身后，准备随时敬送礼品。

宴会开始。

然而，庄重的气氛并不是宴会应有的样子。这是一场表彰大会，主持人是信使大人。

天狼星人族长的有形语言出现在宴会厅上空：

“感谢蓝体使者不负使命，出色地完成了与地球人的接触，并成功邀请到地球人访问团。经长老会决定，蓝体使者即日起，荣升蓝体信使，任期30万年。”

蓝体使者走向中央，展开两只象鼻状的手臂，族长的粉色语言在他双臂上缠绕两圈，而后渗入他柔软的肌体中。

紧接着，是礼物交换环节。大小启点将蛋型气囊交给勒多贡，李想想把鸡笼子送给他们。

艾米丽请求查看礼物，信使大人解释说：气囊里是质子能量球，可以帮助地球人实现时空穿梭，将180年的航行速度缩短至50年。

“只是象征性的礼物而已，对人类没什么用处，因为我们制造不出搭载能量球的飞船。”地球机器人接过“诚意满满”的礼物，接下来宴会进入高潮。

天狼星人族长们依次发言——

“天狼星人要摒弃高傲的姿态，接受地球人的善意邀请，勇敢地、真诚地、主动地感谢他们，帮助他们，用我们的文明与他们共同进化。”

“地球人在天狼星人的护佑下，完成了保护天狼星人最后的家园——地球的任务。我请求长老会，解除对地球人的文明壁垒限制，允许地球人建造宇宙级飞船，帮助他们实现宇宙骑士的梦想。”

“我提议给予三位访问团代表‘荣耀天狼星人’称号，赋予他们发送气流语的能力，将陨石1、2、3型分别命名为勒多贡、艾米丽和李想想，为他们建造永久性天狼星基地，护送他们玩转宇宙。如果天狼星人觉得我的奖励如此慷慨，那我真是难受至极，我把能想到的奖赏都想到了，心里还是觉得这样的奖赏不足以表达对三位地球人先驱者的敬意，是他们的到来粉碎了所有猜忌，我们决定，去往地球。我希望500亿天狼星人都能去，大家要学会适应新环境，学会地球人的生活方式，没有他们恪尽职守地保护地球，我们没有未来，文明将会终结！”

大小启点站在信使身后，默默地偷窥着三位地球人代表，发现他们只是抬抬头，看看长老们的讲话。直到讲话结束，他们仍旧没有发言的举动，连最基础的表示感谢的红色气泡语也没有吐出来。

“愚昧的地球人，需要我们的拯救！”大启点和小启点说。

“瞧，你有点像地球人了！”小启点劝大启点。

三　完全出乎意料

宴会结束时，天狼星人发现三位代表同时做出了一种奇怪的动作。

三人将双手举在面前，有规律地合拢分开，相向碰撞，节奏明快，带动身体颤抖，牵动面部表情呈现出愉悦的状态。蓝体使者最先模仿此动作，并且向大家介绍，这种动作的名称叫“鼓掌”，表示赞成和高兴。

于是，大小启点和10万个兄弟们全都模仿起鼓掌。小启点感觉到这种频率反复的肢体动作，能够释放出微弱的声波，波体传导在脑垂体中让他产生了非常舒适的体验。这奇妙的动作竟与气流语的传播速度相似。

霎时间，鼓掌之礼从宴会厅传遍了第四红伴星，天狼星人纷纷模仿地球人的动作，不知情的人以为这是地球人的语言，把鼓掌作为向地球人学习的进步态度，一种前所未有的力量感蔓延在天狼星人的软组织身体中。

紧接着，大启点发现三位地球人代表又在鼓掌的动作基础上，加入踏脚、踢腿、拧腰、甩臂四个动作。

模仿一发不可收拾，10万天狼星人整齐划一，齐刷刷跳动起来，场面极其壮观。这时，三位地球人忽然停下来，说是要睡觉。

“睡觉是什么？”小启点追问。

大启点摇摇头，看向信使大人和蓝体使者。

“大小启点，从现在起，你们跟随三位客人！”信使大人向他俩秘语，告诉他们实际任务：深度学习地球人的文明，做到全知全会。

大小启点欣然接受任务，知道身上的使命将影响天狼星人的未来：移居地球，与地球人和睦相处！

天狼星的第二天是以流星划过陨石的频率来设定的，可能是地球的三天，或三年。

三位地球人代表睡醒之后，机器人为他们打印了土豆块、豆浆和素菜饼。他们早餐吃得津津有味，看得大小启点好奇不已。大小启点首次品尝了地球食物，顿时爱上了这种奇妙的物体。

随后，他们向三位少年了解真实的地球、真实的地球人和真实的人类生活。这一天，他们对地球无比向往，迫切地想要到达地球，生活在地球上，心甘情愿被地球人同化，融为地球人的一分子。

可是，要成为地球人哪是凭着一腔激情就能实现的呢？必要而唯一

的前提是学习——接受地球人的教育。

天狼星首座“地球学校”开始招生了！

大启点担任招生处主任，小启点被委以学生处主任，信使大人是副校长，蓝体使者是校长，长老会成员为名誉校长，三位地球人少年身兼执行校长、教学校长、班主任和科任教师。

首批10万名学生由大小启点的兄弟们就地转化，为此他们还必须向没能如愿报名的其他天狼星人多次解释：这是迎接地球人访问团的重要环节。

第一波设置的课程涵盖舞蹈、歌曲、跳绳和人类社会学。

非洲男孩勒多贡同时带领10万人跳踢踏舞，双脚“踢踢踏踏”踩击地面，身体摇曳扭动，一跳就是十天。

大合唱由艾米丽老师上课。天狼星人没有耳朵，声音是通过观看意识流声波来获取，声波在他们的视角里被翻译成各种感受。歌曲的魅力是声波的交错变化，因此天狼星人的气流语仿佛是地球南北两极的极光，在天空间中闪烁出前所未有的熠熠之光。

大小启点两位主任则亲自为10万个兄弟示范跳绳要领。先要将两只触手释放出合适的长度，交叉在一起，形成一个可以跃过身高的闭环；然后双脚起跳，摆动触手闭环，向后跳动100次后再向前跳动100次，否则双臂会拧成麻绳状。

人类社会学由李想想老师和地球机器人教授。第一课是“论鸡和蛋的关系”。地球人送给天狼星人的老母鸡下了蛋，蛋孵出了鸡，鸡又下蛋，那么就要讨论是先有鸡后有蛋，还是先有蛋后有鸡？

于是，所有学生都在幻想第一只鸡是谁制造的，第一颗蛋是怎么变成鸡的，同时加入“薛定谔的猫”的理论——鸡在蛋壳中是活的，还是死的？破壳的瞬间是鸡，还是蛋？鸡能吃，蛋能吃，鸡蛋壳能吃吗……如此奇妙甚至奇葩的纠缠式问题、无解式问题，好像一把打开智慧宝盒的钥匙，使得天狼星人僵滞的大脑脑洞大开。思维的活跃，撬动意识的自我解放，“我要学习，我要接受教育”的热潮席卷天狼星。

“天狼星地球学校”迅速开设了两间分校，大小启点各自荣升执行校长，首批10万名学员当中的佼佼者被选聘为分校教师，计划在10天内培训100万名天狼星人。

看到天狼星人热情高涨的学习精神，长老会仍觉不够，500亿的族人要想彻底融入地球，最少要有100亿的族人了解地球人的一切。因此，在族长会议的推动下，地球学校的数量要突破100万所。

为了保证学习质量，学生必须学满100天的课程方能毕业。毕业生的学位被细化为五个层级，从低往高依次为学士、斗士、战士、将士和勇士，授予权限分别对应“地球学校”执行校长、大小启点终身校长、三位地球人校长、信使级别名誉校长和长老会。

为了获得更高一级的学位，天狼星上冒出了很多辅导机构和私立学校，各种考试攻略应运而生。然而学习是永无止境的，终生学习的理念被灌输给了天狼星人，获得战士身份越来越难。接着，“只有拥有将士学位的天狼星人才有资格去往地球”的说法弥漫在整个族群中，刻苦学习换来的学位被自私和贪婪的权力者所利用。愤怒的低学位者对高学位者产生了极度不满的情绪，派系应运而生，仇恨的火种一点就燃，天狼星上如火如荼的抗争终于不受控制，演变成了局部战争。

当真正忙于备战地球文明的天狼星人觉醒时，一切都为时已晚。他们不得不将炮口对准同族，将战火燃遍天狼星……

100年后，宇宙流浪者——天狼星最后一位校长老启点，临终前写下遗言：那时，地球文明只派来三位地球少年和一只鸡，用了一种名为“教育”的无形力量，就将天狼星100亿年的文明彻底摧毁……远离地球人是外星文明延续的唯一法则！

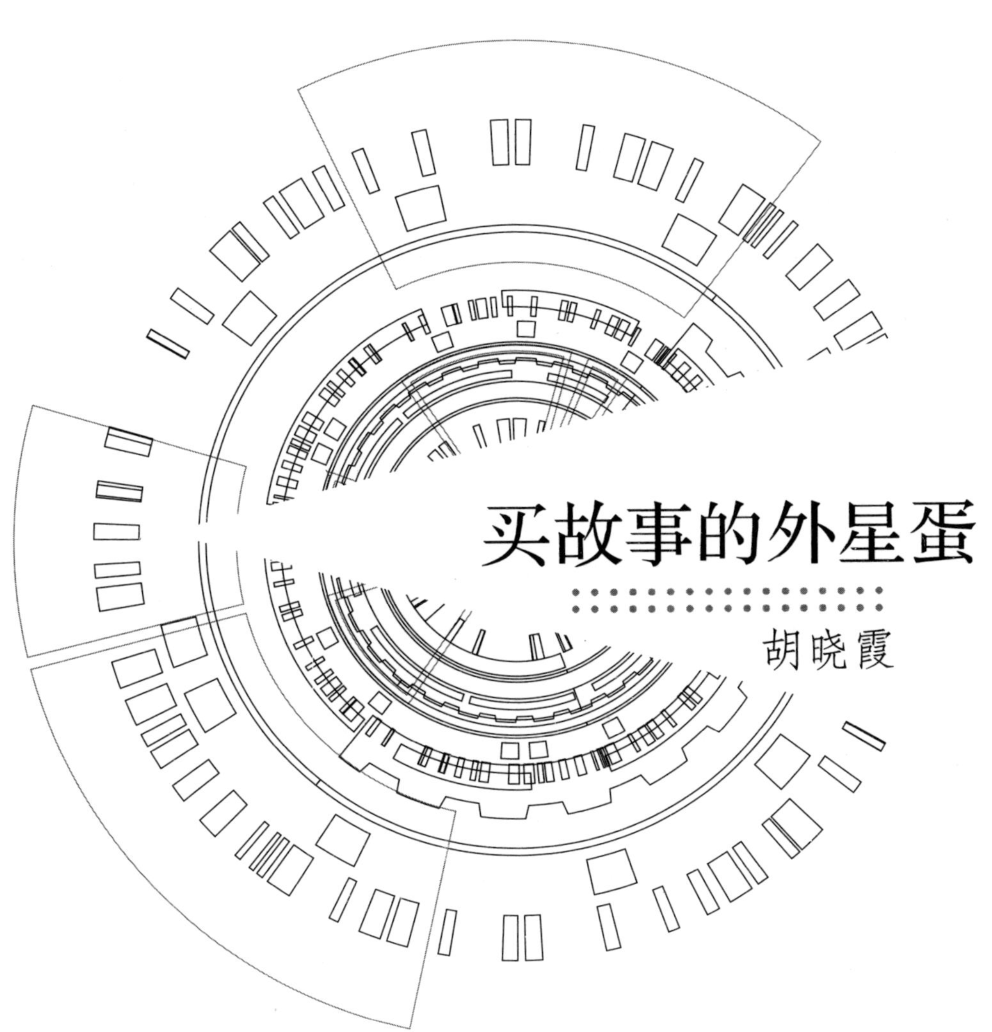

买故事的外星蛋

胡晓霞

5月1号的晚上，有一颗背着书包、长着手脚的外星蛋来到了我的家。怎么说呢，他看上去当然不是地球上的人和物，甚至我都弄不清他发出声音的部位在哪里，但我还是抱着“反正也是无聊”的态度接待了他。

“我听说您是一位作家。”他客客气气地说道。

“嗨，什么作家呀，”我也谦虚地回答，“按我目前的状态来说，最多也就算是个作者吧。”

“真是太好了！”他说，“我就是来买故事的！”

“哦？”我打量了外星蛋一下，虽然地球已经和外星球通商很久了，但我从来没在全息新闻里看过有什么外星人长得跟蛋一样。

“没错，那请问您有故事出售吗？”

又怎么能没有呢？我最近写了许多的开头，只差一点点的外部刺激，我就能把它们完成了。于是，我就跟外星蛋说——

“当然有，我明天早上就能给你。”我盘算了一下，一晚上时间我至少能写完一篇，“不过要是你有特殊需求的话，我也能给你定制一篇。”

“呱唧呱唧！”外星蛋奇怪地叫了一声，随即跟我解释道，“抱歉，这是我家乡，哦，也就是B912星球表示兴奋的习惯。我的意思是能定制的话就真是再好不过了。如果可以的话，我想先要一个5000字左右的短篇。”

“没问题！”我擅长的就是写短篇，要是长篇的话我还真是有点为难，“你大概想要个什么故事呢？”

“您看着办吧。”外星蛋的声音听起来像是笑了笑，“我唯一的要求就是快一点。另外呢，故事里最好有一所木头做的房子，能有个壁炉就更好了。哦！还要有好闻的松木香。”

“行，”我一口就答应了，这点要求对我来说根本不算什么，“那个……如果你不介意的话，我想跟你谈谈稿酬。”

“您说多少就是多少。”外星蛋似乎察觉了我狐疑的目光，赶紧拿出了一张希思黎星球币，“这个是预付款，我费了好大劲才收集到的，听说地球人会比较喜欢。故事写完以后，我会再给您10张。”

那就是11张希思黎星球币！我努力闭紧了嘴巴，不让自己显得像没见过世面一样。要知道希思黎星球币上镶嵌的可是各种各样的贵金属，听说在银河系边缘，一张希思黎星球币就可以买下一个星球呢！

“好的，”我从外星蛋手中接过了闪闪发光的希思黎星球币，当时我的笑容一定有些谄媚，“那就说定了，您明早就可以来拿稿子了！”

这个晚上，在希思黎星球币的陪伴下，我感觉自己的灵感爆发，我只花了两个小时就写了一篇十分精彩的小说，当然，我并没有忘记小木屋和香气什么的。之后虽然我一直睡不着，可是我非常有精神，甚至还在外星蛋来之前洗了个头，烤了两片全麦吐司夹人工鸡蛋和复合牛油果吃。

九点一刻，外星蛋准时到了。我用地球出版行业的传统方式将稿子打印出来递给了他。

“请问您能读给我听吗？”外星蛋随便翻了一下，又把稿子递给了我，“我……我没有眼睛了……”

“哦哦，好的。”我点了点头，不过蛋应该本来就没有眼睛吧？啊！我知道了！他的意思可能是说自己看不懂吧？毕竟我是用中文创作的故事，地球方言千万种，就算高等智慧生命也很难全部都懂的。

“我的故事发生在公元纪年2021年，”我清了清嗓子，尽量不去想外星蛋想靠在我的肩膀上，“那会儿人类还没有和其他星球生命产生关联……”

“挺好的，”外星蛋的声音非常温柔，“我想这个故事我会非常喜欢！”

“谢谢！”我暗暗松了口气，要是现在就能成交的话，那就再好不过了。

“不过我希望您的故事里，能多多描绘一下我的家。”

“您的家？”我不由自主地重复了一遍，又赶紧答道，“当然当然！”

虽然我不知道他指的是什么，但我可不能让他一开始就对我的故事失望，他应该是说他要求的那座小木屋吧？

“它有彩虹色的屋顶吗？我听说地球以前有种叫森林的东西，里面的屋子是糖果做成的。”

“如果您想的话，当然可以。”我心里咯噔一下，外星蛋还知道公元纪年时期的格林兄弟，不过如果他想要一座糖果屋的话，这个故事修改起来就费劲了。

“没关系，这个由您来定。”外星蛋小心翼翼地解释道，“我想要的只是一个温馨的小屋子，只是如果它能有一个彩虹色的屋顶就更好了。”

“我明白！”可其实我大脑一片茫然——彩虹色屋顶的房子？跟我这个故事有什么关系？

外星蛋应该知道我没懂，于是他接着讲了下去。

他告诉我，他们星球上生活着的都是像他那样一颗一颗的蛋。每一颗蛋在长到一定时间之后就需要离开星球去找一个自己的故事，然后破壳而出，在自己的故事里开始全新的生活。他们的故事也许很平淡，也许无比精彩，但那就是他们自己的生活。而当他们有幸成年，并且足够有幸在故事里遇到另一个主角，而且两人都同意再诞生一个孩子的话，他们就会把刚生下来的蛋送回星球。

“啊？一颗蛋怎么能独自生活呢？！”我吃惊地叫道。

“星球上有完备的生存系统，一旦我们可以离开生存系统，就证明我们已经具备独立生活的能力了。”

“可你们就算离开生存系统也毕竟是蛋啊！你们的父母真是……有些不负责任。”

“按照地球的伦理观点来看可能是这样，”外星蛋理解地点了点头，“我听说地球上的父母在当了父母之后就得负责一辈子，哪怕死了之后，孩子们都会祈求父母的保佑。”

“嗨……”作为人类代表，我很想反驳一下，可是一想到我都这么大了每天还等着妈妈做饭，就赶紧转移了话题，“对了，您说的需要找一个故事是什么意思？”

“我不知道您在阅读的时候会不会有这样的感受，”外星蛋说着顿了顿，似乎正在努力寻找合适的词语，“您会觉得有些角色非常鲜活。”

“没错，有时候会。”

“那是因为那些角色本来就是活生生的呀！他们在故事里成长，在故事里生活，每一次阅读和讲述就能让他们重生，而不同人、不同时代的重述也会让故事中的他们不断丰富自我，陪欣赏故事的人同喜同悲。也正因为如此，喜欢故事的人绝不会觉得孤单。”

“这倒是……”我点了点头，瞬间又开始疑惑，“可这跟你们有什么关系呢？”

“从B912星球出去的蛋，会变成所有故事里的人物呀！您知道小王子吧？！那个家伙就是我们星球上的！虽然作者说他来自B612号小行星，不过那完全是作者弄错了！”外星蛋挺了挺胸脯，继续解释道，“我们就好像……像什么呢……啊！举个不恰当的例子吧！我们就好像你们公元纪年时代的演员一样，作者就是导演。我们按照作者的设计排演故事，一般的故事可以留下我们淡淡的影子，而真正的好故事则可以让我们一直住下去，开启真正的生命了。”

“当然，如果我们碰不到任何一个故事的话，就会……会很快消失的……”外星蛋的语调黯淡了下来，“哎！现在别说要找个好故事了，光是找个故事都越来越难。我的很多朋友从星球上出去之后就再也没有音讯了……听说即便是文学曾经一度繁荣的你们，也很少有人喜欢故事了。”

“也不是……你看，我不是还在写吗？”

这话我说得有些心虚，这个月我经常都在想好好享受生活不行嘛，干吗要活得像个公元纪年时代的人一样，去写故事找罪受。不过看着外星蛋失落的样子，我忍不住这样说道。

“是啊！我真幸运！您的故事一定会非常适合我！我真是想马上就住到您的故事里去！”

“呃……等等，也许我还可以再修改一下。”我急切又诚恳地说道。如果早知道这个故事对外星蛋来说意义如此重大，我就不会在里面加入许多故作惊险又不必要的情节了。

“那就拜托了！”外星蛋感激地对我笑了笑，“能遇到您真是太好了！”

“我还有一个问题，在我现在的故事里，真正的主角会是个小男孩，那你就会变成小男孩儿吗？”

“没错。”

“如果是小女孩，你就会变成小女孩？”

“对。”

“如果是怪兽就会变成怪兽？”

“嗯。”

“那你会一直以我描绘的形态留在我的故事中吗？”

“既是也不是吧。”外星蛋大概笑了笑，“我希望能成为您这个故事中的主角，您以后还愿意继续写我的话，我的生活就会更有意思了。啊！我真希望能变成您故事里的小男孩儿！而且……我很想看到自己长大后的样子呢！”

“但是您不必有压力！”外星蛋赶紧补充说，“能让我们B912星人破壳而出本来就是一件了不起的事情了。”

“也许……”虽然我很想要希思黎星球币，但我也不能不说实话，“也许我办不到……毕竟……我还不是大师呢。很有可能，你懂我的意思吧？我的故事很有可能没办法让你满意，那样的话……”

“那样的话也没关系呢！”外星蛋再次轻轻地靠在了我的肩膀上，“只要在故事里有一座木头做的房子，房子里有一个小小的壁炉，让我在好闻的松木香里待上一会儿就好啦！我总有一种模模糊糊的记忆，我觉得自己在被爸爸妈妈送回B912星球前，我就是在那样一个地方被孕育出来的。所以……即便我马上就要消失了，我也想再在那样的地方待上一会儿。”

不知道为什么，外星蛋的话让我的心脏狠狠收缩了一下。

“喂……蛋……蛋蛋……你能等等我吗？我的意思是也许要等我好一会儿。”我有些语无伦次，“这个故事我还需要再修改一下。不过你放心！这个故事不行的话，我会努力写下一个故事，努力让你在我的故事里住下来。我会尽我所能记录一切美好的事物。我会在接下来的日子里编织出一个个流光溢彩的故事，不管是外星人、地球人还是怪兽都会喜欢的好故事……”

“哇哦！真的吗？”外星蛋的手轻轻地伸进了我的掌心，那样柔软的小手几乎是一瞬间就在我的手心消失了，“不过，我想最好您能现在就讲一点点给我听。”

“好的好的！”我疯狂地点了点头，然后轻轻地抱住了外星蛋，“那我就开始了哦！”

“5月1号的晚上，有一颗背着书包、长着手脚的外星蛋来到了我的家……”

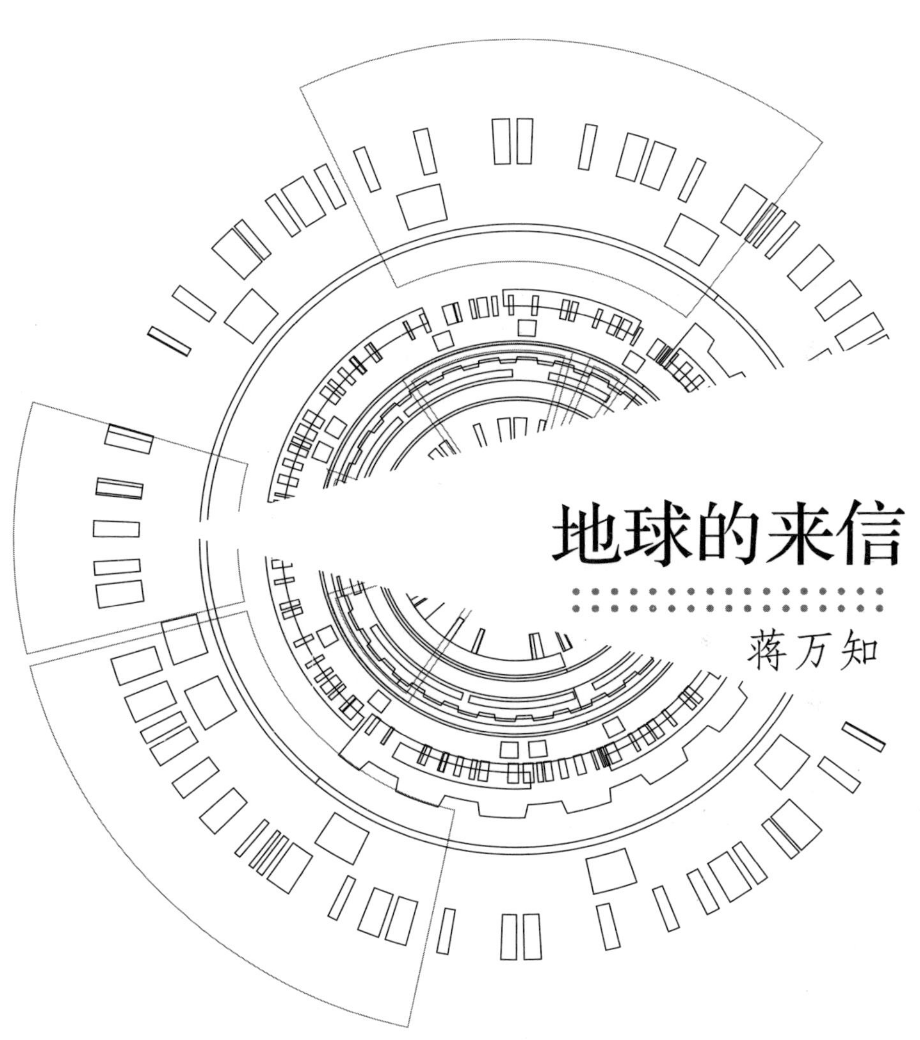

地球的来信

蒋万知

一

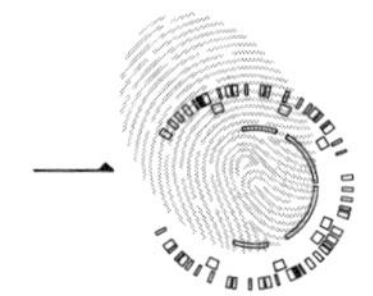

帽环系有着无与伦比的日出，灿烂又热烈。

秦小鹏今儿醒得有点早，当他穿戴整齐，迈出环3星航天基地时，帽环系的帽顶星才刚刚冒出半个头。一望无际的戈壁滩像红色的幕布慢慢褪去，冉冉升起的帽顶星登上舞台，泛着红蓝紫交相映衬的光芒，是宇宙剧场最耀眼的明星。

位于英仙臂西侧的帽环系，最外侧的恒星圈组成了泛着光芒的“帽檐儿”，核心帽顶星凸出于中央并被呈暗蓝色的尘埃星云带环绕，像是明亮的“帽顶”。人类探寻宇宙的先驱第一次发现帽环系时，就被它的高颜值所惊叹。而更惊喜的发现在后面——帽环系第三颗行星，后来被人们称为环3星，它有着稀薄的空气、脆弱的磁场、大量的固态水冰，以及不可估量的地下液态水湖。

这是一个符合人类移居基本条件的星球。

秦小鹏，目前环3星的唯一居民，他是一名星际拓荒人。

环3星并没有美好到值得人类背井离乡。先驱们在环3星修了航天基地，航天局每隔三年派一个星际拓荒人值守。秦小鹏刚抵达时，前一个星际拓荒人——一个沉默寡言的中年人，迅速完成了与秦小鹏的交接，申请并确认地球那端的航天局外拓星球事务部将他的薪酬付到了账，就头也不回地离开了。

秦小鹏一个人饶有兴致地绕着航天基地逛了逛，眺望着这个橙红色星球远处的火山。他早上打开了量子通信读取器，依旧没有爸爸的来信。

默默地关上仪器，秦小鹏有点落寞。一个16岁的少年，也许还不够坚强。

这个时代，出生率急剧下降，人口数量收缩严重，成年的时间提前到了16周岁，并且鼓励成年后走上工作岗位。少年们不以为然——在古代中国，16岁娶妻生子的比比皆是。但父辈们忧心忡忡，比如秦小鹏的爸爸秦方陵。秦方陵要求秦小鹏继续深造，争取成为一名教师。秦小鹏却不屑于走别人安排的路。

秦小鹏与秦方陵大吵一架，摔门而出，跑到航天局外拓星球事务部申请成为一名星际拓荒人。

为什么一切都要按秦方陵设计的道路走，难道就因为他是一名中学校长吗？如果妈妈没有去世，可能一切都不会变成现在的模样。不知道从什么时候起，秦小鹏特别厌烦爸爸蹙着眉头板着脸，摆出一副什么都是他说了算的模样。爸爸清清嗓子开始说第一句话，秦小鹏就只想捂住耳朵阻止第二句话。小时候可不是这样，那个时候的他，坐在爸爸的肩头，伸展着双手，想象自己是驰骋宇宙的大飞船。爸爸就是一座稳稳的大山，托举起他所有美好的向往。

大鹏展翅，扶摇万里。坐着超光速飞船远离太阳系的时候，秦小鹏认为，他再也不想回那个硝烟味浓厚的家了。

现在，这一切都在五光年之外啦！

秦小鹏开启了今天的出行计划——驾驶环3星科考车，前往远处的火山口探一探。

奥卡斯林山是帽环系最壮观的火山，巨大无比，远超地球的珠穆朗玛峰。它是经过大型陨石的撞击，以及依靠自身地质运动形成的火山。现在，奥卡斯林山是一个睡梦中的巨人，偶尔嘀咕几声，从皮毛里喷点零碎的岩浆。

秦小鹏想去采集点新鲜岩浆。他有一个奇怪的观点：如同家乡春雨后嫩叶上的晨露，新鲜岩浆也值得珍藏和研究。环3星科考车携带超高清广角相机、激光测高仪、热辐射光谱仪、红外辐射计、磁场和电子探测仪、耐高温伽马射线探测仪等设备，可以对奥卡斯林火山的大气、地表、重力场和磁场进行全方位研究。

一个小东西正在科考车下发出唧唧的声音——是两只小小的六角形狐，环3星上最智慧的生物。它们体形呈六角形，有着薄薄的身体，在环3星巨大沙尘暴来袭时，能将整个身体蜷缩得如同一粒沙尘，随风暴飞舞。科考车旁的一个小挂钩套牢了一只小六角形狐，另一只年长的六角形狐急得团团转，用祈求的眼光看着秦小鹏。

六角形狐是罕见的外星生物，环3星前一个星际拓荒人也就远远见过一次。被勾住的是一只年幼的六角形狐，它冲着另一只年长的六角形狐不断发出哀怨的叫声。秦小鹏心中一动——好像是一对父子。秦小鹏还是伸手解救了它，让那对父子赶紧离开。转瞬两只六角形狐就不见了踪迹。六角形狐是在空中旋转前行的，像雪花似的，但地球的雪花随风而飞，六角形狐却能快如子弹。

戈壁上的旅途一开始是新鲜刺激的，但兴奋劲过后，驾驶方向盘又变得无趣沉闷。秦小鹏将科考车调整为自动驾驶状态，小睡了会儿，梦里的地球若隐若现，声音断断续续。

“您有一封地球的来信！”

躺椅上的秦小鹏睁开眼睛，抚摸着耳麦。耳麦连接着航天基地的主控台，那里有一台量子通信读取器。与地球天各一方的环3星只要与地球共享一对纠缠的粒子，就可以跨越光年，实现了不起的通信。测量其中一个粒子，哪怕另一个粒子在100亿光年外的其他星系上，它们都会同时感应到。秦小鹏心想，小小的粒子居然比人还聪明。他在环3星上体会到的广阔与浩渺，他的爸爸秦方陵就体会不到。

秦小鹏按下按钮——果真，是量子通信读取器转换了爸爸的语音来信。

秦方陵的声音怒气冲冲，秦小鹏似乎能看到地球那端他爸失控的脸。

“秦小鹏，隔壁姓丘的那小子，读博士去啦，他爸满大街发喜糖。哼，小时候他还没你优秀呢，拽什么拽？你跑到帽环系那种鸟不拉屎的地方去干什么？一耗就是三年，三年后什么都完了，浪费人生，你懂不懂？你已经成年了，别把自己的前途当儿戏。我拜托人打听了，城南有所培训学校，培训教师挺有名的，你要是顺利通过考试的话，当一名老师不成问题，肯定很多学校抢着聘请你！你现在要是从帽环系回来，也许还赶得上年底的报名。你妈妈就是一名教师，继承她的事业，不是挺好吗？”

秦小鹏心烦意乱地关掉了耳麦，开着科考车飞奔。红色的沙尘在科考船后肆意地张扬，恰似怒火在奔驰。

秦方陵就是这样，总认为自己孩子什么都是错的，什么都做不好。当校长就了不起吗？当校长就一定是对的吗？哪个岗位不能干出成绩呢？联合国早就鼓励16岁的年轻人走上工作岗位，怎么他秦小鹏就不能当个星际拓荒人呢？秦小鹏忿忿不平地想着，控制仪被他拍得啪啪直响。

二

跑过一大片戈壁，越过三四个凸起的沙包，跨过一条干涸的河床，秦小鹏将科考车停了下来，全副武装下了车。

不远处正是环3星的卫星——绰号“橙月”的它从帽顶星身后探出头来，活泼可爱，像个精灵。每天“橙月”都有两次西升东落，秦小鹏挺喜欢这个异乡的月亮。小的时候，妈妈给他讲过一个嫦娥奔月的故事，“橙月”跟那个故事书里画的月亮几乎一模一样，澄亮澄亮的，马上就要溢出奶黄的光亮似的。秦小鹏追着“橙月”走了一小会儿，停了一会儿，坐了一会儿，又躺了一会儿，像一个真正的游者，漫行在天地之间。

秦小鹏假寐了会儿，再睁开眼睛，“橙月”暗淡起来，亮光没有了，夹杂着一层薄薄的暗红。

“不好！”秦小鹏从地上跳起来。这一层暗红色不是来自天空，而是来自从远处火山吹来的富含氧化铁的火山灰。他参加过星际拓荒人的培训，意识到巨大的沙尘暴马上就要来了。

环3星大气稀薄，有恒星照耀和没有恒星照耀的地方温度和气压差距非常大，导致环3星的龙卷风非同一般的恐怖——风速是地球的数倍，一场龙卷风能波及的面积堪比一个太平洋。而因为陨石的冲击和风蚀的长期影响，环3星的尘土特别的细密，随着龙卷风能上天入地。

秦小鹏十分后悔对天气的预判不够机敏，只想以闪电般的速度回到科考车。

已经来不及了！无数条沙尘巨龙拔地而起，细沙遮天蔽日，龙吟虎啸排山倒海般响起。

秦小鹏果断放弃奔跑，按下腰部的按钮，随身携带着的应急锚朝地底下飞奔而去。应急锚是每一位星际拓荒人的必备工具，长长的绳索由石墨烯超级材料做成，跟塑料一样轻，却比钢铁还坚韧，收在腰部也就是一个小苹果那么大。绳索的顶头是一个小小的金属钻头，动力驱使它深入地底。金属钻头固定在地面以下200米后，绳索就会向两边伸展，然后紧紧地包裹细沙和土壤。应急锚拽着秦小鹏，避免他被呼啸的狂风卷走。

风和日丽的环3星成了面目可憎的魔鬼，秦小鹏就像暴风雨中的小草，渺小而脆弱。沙尘暴的强度超过了秦小鹏的预想，似乎马上就要改天换地了。

秦小鹏闭上眼睛，关闭头盔的声音频道，试图将混乱和恐慌挡在航天服之外。

他又想起了摔门而出前，秦方陵愤怒地谴责他："你总是自以为是！你想去看世界，看宇宙，想要自由。可世界上的自由从来都是有限度的。无知地奔向宇宙，等待你的，只有悲惨的命运。"

悲凉和绝望弥漫在秦小鹏的心头，他从来都不是被爸爸肯定的孩子，不管他走多远，不管他做什么。

漫天的沙尘暴越卷越勇，环3星似乎已是人间炼狱。秦小鹏很担心，如果沙尘暴来得更猛烈些，他会不会被撕裂成碎片？

"您有一封地球的来信！"

秦小鹏艰难地抬起手，颤巍巍地按下头盔上的按钮。

是爸爸熟悉的声音。

"小鹏，我接待了一个沉默寡言的人，他让我看了环3星的全息影像。好吧，我承认，那真是一个美丽的星球。来客说，选择做一个星际拓荒人的人，肯定是一个内心孤独的人。只有远赴他乡，让外在的孤独包裹内心，才能让内心的孤独充分释放。我很抱歉，如果你妈妈还在，也许一切都不一样了……"

量子通信读取器长长的沉默，最后才传来缓缓的一声咔嗒声，结束了来信。

爸爸的那声"抱歉"，来得那么突然，秦小鹏有点懵了。长久以来，浮躁和愤怒像漫天黄沙在他的内心飞扬，抽干了他的水分，让他无法安宁。但现在，他心里的黄沙像是失去了生命力，缓缓地降落，一泓细细的泉水涌向那片沙漠。

也许回了基地后，得给爸爸回个信了，秦小鹏心想。

遮天蔽日的沙尘暴有了短暂的停歇，那是因为一个龙卷风逐渐远去。这是千载难逢的机会，得赶紧回车上去。

秦小鹏抓住时机，赶紧按下腰部按钮，准备收回应急锚。

应急锚纹丝不动。

秦小鹏加大力气又按了几次，应急锚轻轻地晃动了几下，又没了动静。

怎么办？秦小鹏手足无措。也许是地层下坚硬的岩石卡住了那个小小的金属钻头，但问题是，应急锚与宇航服是一体的，秦小鹏摆脱不了它。而组成应急锚绳索的石墨烯超级材料是任何尖刀都弄不断的。

平静不会维持太久，暗沉的天色告诉秦小鹏，又一轮更凶猛的沙尘暴即将到来。

不行，他得回基地，他也有些话想对爸爸说。

锐器一一试过，应急锚的绳索是割不断的。

“您有一封地球的来信。”

“小鹏，我今天打开了以前的纪念册。我看到你小学四年级的一篇作文，写的是《我想拥有一颗星星》……”

那篇作文写的是秦小鹏想摘下一颗星星，一颗橙黄橙黄的星星，送给笑起来那么明亮的妈妈。秦小鹏关掉了耳麦，开启了头盔的声音频道，并不断向远处示意。

远处有两只六角形狐。

两只六角形狐来到了眼前，睁着不甚明亮的眼睛，看着秦小鹏。

秦小鹏欣喜若狂——正是早上那对父子。他不断地拉扯应急锚绳索，又示意远处的火山。

“我想要岩浆，岩浆。去找点岩浆来，倒在这儿。”秦小鹏边比画边喊，也不管它们听不听得懂。

环3星上，依靠火山口喷射出来的化学物质，形成了庞大的生物群落。六角形狐就是生物群落的佼佼者，能够耐受1500摄氏度的高温，能吞食灼热的岩浆。坚不可摧的石墨烯超级材料由碳原子组成，最不耐火。

老六角形狐似乎明白了秦小鹏的困境和意图，朝火山飞奔而去，小六角形狐依旧好奇地围绕着秦小鹏旋转。

远处的多旋涡龙卷风已经能看到模糊的影子，秦小鹏心中的焦急像火山一样层层喷发。

来了！老六角形狐身体蜷成一团，旋转的速度受了点影响。等到它靠近秦小鹏，秦小鹏看到老六角形狐的身体呈火热的红铜色。秦小鹏指着绳索示意，老六角形狐展开身体，一大团岩浆从它怀中倾泻而下，悉数落在石墨烯超级材料组成的绳索上。瞬间，一大段绳索被岩浆溶解，秦小鹏获得了自由。

秦小鹏拔腿就跑，他的速度必须足够快，才能赶在多旋涡龙卷风到来之前，抵达科考车内。

三

科考车并没有停在原地，风暴将它掀入了干涸的河床底，高耸的两岸大大削弱了风暴的力度，保护了科考车。秦小鹏跳下河床，绕着科考车检查一周，然后长吁了一口气——科考车基本完好。

从河床底部将科考车开上来，似乎不太可能了。秦小鹏钻进科考车，决定等这一轮风暴过后，再顺着河床返回航天基地。沙尘再次扬起，秦小鹏将没听完的信又打开了。

“《我想摘下一颗星星》。我的妈妈，是橙色的。她笑起来，像一颗星星，明亮而温暖。她喜欢穿橙色的衣服，每次她来接我的时候，我总能从人群中一眼就找到她。我问她，妈妈，你为什么那么喜欢橙色呢？妈妈告诉我说，因为橙色最亮眼啊！宇宙探险的爸爸回望地球，也许能一眼就发现妈妈的橙色。橙色的妈妈太美啦，将来我要去摘一颗橙色的星星送给她。”

秦方陵的声音沙哑而低沉，时断时续。秦小鹏脑海里浮现了那个年幼的自己，站在窗边仰望着星空。

风暴慢慢停歇了。秦小鹏开着科考车往前，120千米后，河床逐渐抬高，与两岸齐平。科考车顺利抵达航天基地。

航天基地也受到了沙尘暴的摧残，估计秦小鹏得花上一两个月来修整了。秦小鹏草草检查了一圈，然后穿过压力舱，跑进居住舱，甩掉航天服，登录了航天局的网站。

航天局实习科研岗位正在面向全宇宙招募，只要身体健康、年满16周岁的合法地球公民都可以报考。秦小鹏填写了报名申请表，并顺利提交——他有信心能够争取到这个岗位，那么之后他很快就能回到地球了。如果足够努力，四年后，他将成为航天局一名正式科研人员。

秦小鹏微微一笑。到了那一天，秦方陵也会合不拢嘴地向街坊邻居发喜糖吧。

他打开了量子通信频道，准备心平气和地跟爸爸说会儿话。量子通信读取器却接二连三地响了起来。

“您有一封地球的来信。”

“秦小鹏，你怎么连个信也不回？我跟你说，如果你不想当老师，当医生也行啊。或者开个汽车店怎么样？你从小就喜欢汽车。你的好朋友皇甫豆不就打算开汽车店吗？你俩合伙，我投资。”

“您好，您有一封地球的来信。”

“秦小鹏，你到底怎么想的？你这孩子怎么这么倔。大宇宙我见得多了去啦！最后还不是伤痕累累地回了地球。我愧对你妈妈，如果我不是被宇宙的神秘迷了心窍，就能好好地陪她过上几十年。你就会跟我作对，也不想想你的将来！”

“您好，您有一封地球的来信。”

“秦小鹏，你倒是回封信啊，你在环3星到底过得怎么样？我提醒你啊，有几点你得注意了，环3星的体积、磁场、大气状况、地形地貌跟火星差不多，一是温差比较大，夜晚气温零下100摄氏度都是正常的，你千万别晚上出去溜达；二是环3星的风速是地球的十几倍，好在航天基地建得不错，你别跑远了；三是环3星的生物你别碰，虽然科考报告里说它们性情温和，但谁知道呢？它们都是耐高温动物，指不定什么时候一个不高兴，它们就能将你烧得灰都不剩。”

几个声音混乱地在秦小鹏的脑海里穿梭。爸爸怎么反反复复的？他有点怀疑，当沙尘暴来袭时的来信到底是不是爸爸的？该不会是人工智能检测到他陷入困境，然后模拟了爸爸的声音？

秦小鹏有点泄气，他伸手准备关掉量子通信渠道，却又有点儿迟疑。

“您好，您有一封地球的来信。”

“秦小鹏，您好，我是航天局外拓星球事务部通信处118号联络员。根据外拓星球事务部的规定，无论星际拓荒人家属写多少信，我们必须间隔三天才能通过量子通信进行发送，维系星际拓荒人对地球的牵挂。我很抱歉，由于航天局人工智能机器人大罢工，导致给您的来信全部积压，并且由于工作失误，信件顺序无法辨认。刚刚，我们已经通过量子通信随机将所有信件传递给您。祝您异星生活愉快！”

疑团解开了，秦小鹏一阵苦笑。他得考虑考虑，回去后要不要给通信处送朵大红花。毕竟，当他身陷大风暴时，如果秦方陵还唠叨个不停，他不知道会发生什么，更不知道能不能冷静地走出沙尘暴。

到底要不要告诉爸爸，他刚刚已经报考了航天局的实习科研人员招聘呢？

量子通信读取器又发出了声响。

“您好，您有一封地球的来信。”

“小鹏，我是皇甫豆。你不是拜托我有空去看看你爸吗？你爸不在家！我打听了，你爸也报名了星际拓荒人，目标星球就是帽环系环3星。本来航天局不同意的，不愿意往一个星球派两个星际拓荒人。但你知道的啦，你爸爸也是老航天员，他承诺一年内实现环3星三年内的开发任务。他已经搭乘了去往帽环系的飞船。”

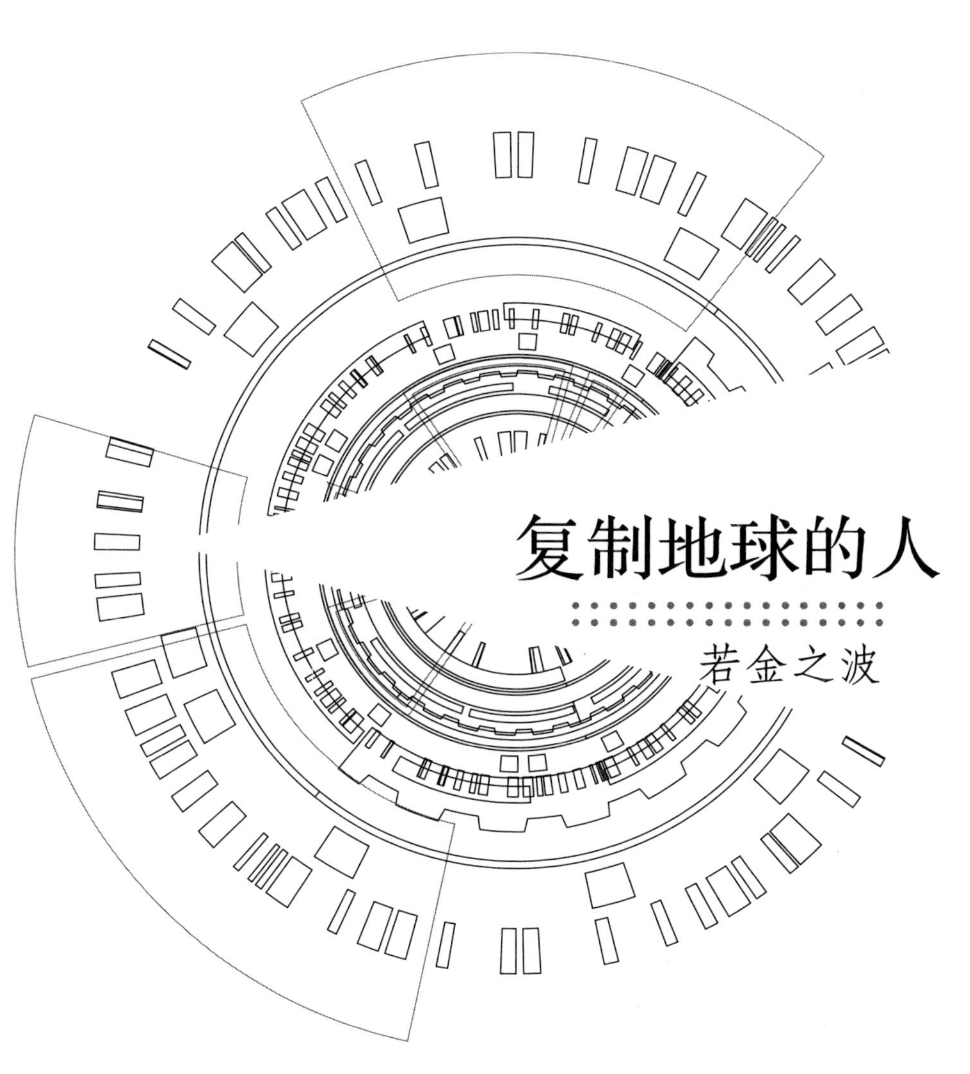

复制地球的人

若金之波

一天，某地居民忽然发现了一个怪物。这怪物生得矮矮墩墩、结结实实，虽然是一副人形，却长了一身鳞片；五官与人没有区别，还有一副双眼皮。怪物一出现，人们的第一反应就是遇见了鬼，吓得东躲西藏；迷信之人说，这是神显灵了，来向人类发出警告，因为人太坏了，滥杀野生动物；无神论者则认为那是一只畸形动物，并感慨这是环境污染的恶果啊！不是常见一只腿的蛤蟆、三条腿的鸟吗？在这个被人为破坏了的世界里，出现了一个人不人、鬼不鬼的怪物又有什么大惊小怪的呢？

有头脑清醒的人立即打电话报警。巡警赶来后，认为这是一只从山上跑下来的小动物，至于是什么动物，则应由动物专家认证。巡警准备将它捆起来，送到动物园。然而这怪物跑得特快，而且似乎身体很轻，能一次脚不落地飞行数丈远，连训练有素的警犬也追不上。警察当机立断，举起麻醉枪准备射击。

就在这时，怪物站住了："住手！你凭什么抓我？"

嗬，说的还是一口标准的普通话。警察吓得大惊失色，原来这是一个人啊！好险，差点就犯了错误。是啊，谁规定人不能长得黑、全身鳞片呢？既然他没触犯法律，谁也无权抓他。

此后，怪物一直在此地盘旋，似乎并无恶意。因为他的态度很友善，见人就笑，还鞠躬施礼、问好，见到小孩子还和他们一起玩耍。他会唱歌、会跳舞、会写字、会说英语，还会辅导学龄儿童的功课。渐渐地，大人们不再怕他，小孩子也愿和他嬉闹了。

“你叫什么名字呀？”有人问他。

怪物却做出一个鬼脸，拒绝回答。

“你爸你妈呢？”

怪物又摇摇头，鼓鼓嘴巴仍然不回答。

“一定是他爸他妈嫌他丑，不要他了。可怜的孩子！”

人们唉声叹气，还不由得擦起了眼泪。

但没有人愿意把他领回家，毕竟心中有些担忧，特别是那副怪样，谁知道他会不会带来晦气呢？也没有人为他送水送饭。但有一次，人们发现他偷偷啃树皮充饥，他的牙好厉害呀，能把树木嚼得粉碎，然后咽下去。看见人们吃惊的样子，怪物不好意思地笑了：“没办法，我好饿呀。”

有人马上送来米饭和馒头。

人们有意观察他晚上的活动，但到处找不到他的身影。天亮时，第一个发现他的人大吃一惊，大喊大叫地跑回家，说：“不好，怪物淹死了。”

大家一窝蜂跟过去看热闹，只见怪物果然躺在湖中央，面朝下，只露出背，浮在水面上。人们跺脚、叹气，说太可惜了，一个多么可爱的观赏动物啊，说没就没了。谁知，在一片唏嘘声中，怪物一个翻身坐起来，揉揉眼睛，朝岸边划来，兴奋地告诉大家："睡得好香啊。我做了一个好梦，梦见自己飞到天上去啦。"

天啦，他躺在水里竟没有淹死。人们奔走相告，纷纷说："真是怪物啊！"

夏天，阳光好白好毒！为了防范紫外线，人们不敢把皮肤露在外面，不敢让太阳直射。但怪物却特别喜欢阳光，专往有阳光的地方去。尤其令人不可思议的是，在正午50摄氏度到60摄氏度的阳光下，他光着身子，枕在石头上睡着了，打着均匀的鼾声。阳光不仅没使他发烫，反而使他面色红润，比往日更精神了。这时，一块白云挡住了阳光，怪物惊得一激灵，一个翻身跳起来……

冬日，一天冷似一天，而怪物却不考虑御寒问题，依然穿着一件单衣，袒胸露背。在第一场大雪过后，人们再看见怪物时，他的身上居然长出了一层密密的黑毛……

怪物的"怪"，真是说不清道不完啊，他每时每刻都在给人们带来惊喜和欢乐。

但不知从哪天起，怪物不再在人们的视线里出现了，人们也一下子把他淡忘了，因为大家都顾不上理他。"据最新的世界科技报告，地球不适宜人类居住的时间将大大提前，大约在一千年之后，地球要么变成一个冰球，要么变成一个火球，如果我们不在太空中开辟新的生存空间，地球上的人类就将在宇宙间消失。"这个报告使人们感到了惊恐和悲哀，尝到了末日即将来临的痛苦。

"火星最有可能成为地球人类的第二个家园……"这个消息又使人们精神一振，似乎看到了希望。

科学家正在加紧制定移民战略，据说征服火星的计划已开始全面实施了。

这天，是“征服一号”火星飞船正式发射的日子。所有人都关心这个生死攸关的事件，许多人都在观看电视直播。据说，第一个征服火星的使者，是一个基因人。

基因人在电视里出现了。某地人全都惊呆了！他不就是那个长了一身鳞片的怪物吗？人们在片刻的吃惊之后，又一齐欢呼起来，个个脸上洋溢着喜悦和欢笑。

基因人开始向人们发表告别演讲：“亲爱的地球人，我的兄弟，大家好！我是基因人马利。我的父亲是一位卓越的基因专家，我的母亲是一位普通的志愿者。我就要离开你们，去火星上工作了。”

他做了一个顽皮的动作，继续说道：“火星不是一个很危险的星球吗？那里大气稀薄，气温时而高得可怕，时而低得惊人，大地一片荒凉，没有生命。是的！但我的任务就是把科学家培育的耐寒耐热又耐旱的植物种在火星上，将火星渐渐变得适宜人类生活。大家不要为我的安全担心。我身上有贝类基因，加上我这副容貌，足可以抵挡致命的宇宙射线；我身上有最耐热和最耐寒的动物基因，足以适应火星上的任何气候变化；我身上还有植物基因，可以把阳光转化为能量；我身上还有白蚁和蚯蚓基因，可以吃树木，可以消化土壤里的养分；我身上也有微生物基因，可以抵抗已知的所有病毒。大家是不是为我的呼吸担心啊？不要紧，我可以不靠肺呼吸氧气，而是靠胃来分解吸收氧气，只要液体和食物里有氧化物，就可以供应我的身体需求了。”

说到这里，他的脸上洋溢着快乐的微笑，挥挥手说："朋友们，再见了。在两三百年之后，我在火星上欢迎你们。噢，对了，我体内有长寿基因，如果不发生意外，可以活到1000个地球年。到那时，我会把太阳系上的第二个'地球'，恭恭敬敬地献给你们……"

"马利！马利！"地球上一片欢呼，很多人眼含着热泪。

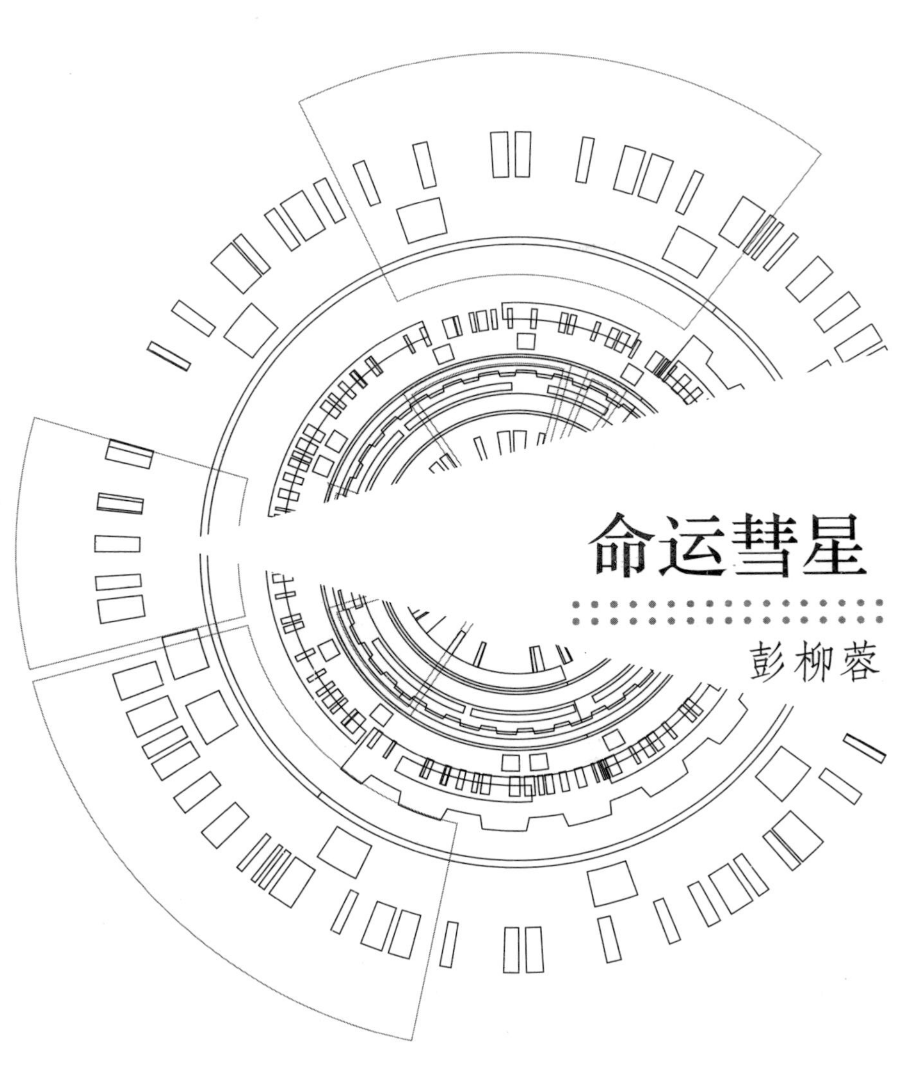

命运彗星

彭柳蓉

一　意识交换

命运彗星拖着长长的尾巴掠过天际时，所有的人都以为那只是一颗平常的星星。

安安在黄昏的阳光里爬上旧水泥台阶，轻捷如猫，行走在淡金色的霞光里。楼梯间白漆斑驳的墙因为光与影，不再那么破旧。

安安有些头疼，她觉得自己可能感冒了。她偶尔会听到雨声和风声在耳朵深处掠过，仿佛在遥远之处发生了一场不为人知的风暴。

安安掏出校服口袋里的铜钥匙打开门，然后进了厨房做饭。房子是爸爸留下来的，距离妈妈工作的医院和安安读书的实验小学都很近，所以母女俩并没有搬走。妈妈身为护士长，工作繁忙，安安很小就学会了照顾自己。

忙完一切，安安坐在沙发上，从书包里拿出作业，想要用橡皮擦掉作业本上的脚印。她微微垂着头，努力不去想下午在学校里的遭遇。

阳光照在客厅窗户的台面上，风不知从何处汇聚而来，然后无声无息地包裹住了安安。她的脑海深处似乎也起了风暴。

安安听到了雨声，那么清晰。雨滴敲打着金属屋顶，如鼓点，又像是越来越快的心跳声。四周熟悉的一切变得虚幻，然后从虚幻的背后，有另一层画面浮现。

小小的屋子杂乱无章，棕色花纹的沙发塌了一半，墙上挂着古怪的野兽头骨。最奇怪的是角落里的卵形舱，它有着玻璃的质感，仿佛有光雾在卵形舱上流动。窗外，大雨滂沱。

安安一动不动地坐着。自己是因为头疼产生了幻觉吗？为什么她觉得眼前的一切无比真实？她低下头发现自己并没有穿着校服，而是穿着式样古怪的衣服。更奇怪的是，她的书包和作业本都消失了！

安安有些惊慌，她抬起手想要揉眼睛，却发现自己的手指上有着密密麻麻的细碎伤口。这不是她的手！

她发现小屋的门上并没有把手，门严丝合缝地关着，无法推开。就在这个时候，她听到了野兽的吼叫声，那声音仿佛海潮一般笼罩着整个小屋，宛如鲸的叫声，荒凉而古老。

巨大的野兽的头出现在窗外，它那么巨大，以至于窗户只框出了它眼睛的部分，那是布满了黄绿色花纹的瞳孔。

安安僵硬地站在原地，屏住呼吸。

就在这个时候，古怪的小屋变得若隐若现，安安熟悉的家从莫名的深渊里浮出。她听到窗外小孩欢快的尖叫声，他们大概在院子里拿着玩具枪飞跑。

安安想，自己刚才大概是魇住了。她长长地舒了一口气，看着自己白皙的小手，无比心安。然后，她看到自己作业本上的脚印旁边多了一行字：你是谁？

陌生的字迹让安安的呼吸都冻结了。妈妈还没有回来，家里没有其他人，是谁在自己恍惚时，写下了这行字？

之后的几天，世界各地陆陆续续出现了不少发生头疼眩晕症状的儿童。专家们说，也许那是彗星综合征。很多病没有来由，突然出现，突然消失，如同捉摸不定的天气或命运。

安安换了一个新的作业本，将写着“你是谁”的作业本藏在了抽屉深处。她没有把自己古怪的经历告诉任何人，妈妈回家时脸上总是充满疲惫的神色，她不想让妈妈再为她担忧。

只是，在清晨梦醒的刹那，安安总会想起在滂沱大雨里那个古怪的小屋以及屋外巨兽的眼睛。那样的巨兽大约有她居住的旧楼那么高大，让她联想到图画书里描述的史前怪兽。它从时间的缝隙里用幻梦的方式出现在安安的面前。

星期一的下午，体育课如约而至。安安被人堵在了更衣室。

转学生高丽伸手按着她的肩：“安安，你答应给我的钱呢？”她比安安高一些，眼底仿佛结了冰，又像是有阴郁的火焰在燃烧。

安安微微垂下眼帘：“我没那么多钱。”她并没有答应高丽什么。她知道无论自己答应或是拒绝，高丽都不会停止她的游戏。几天前放学的时候，高丽和另外两个人把她堵在了学校附近的小巷里。高丽说，一切都是安安的父亲欠她的。12年前，安安的爸爸开的车在深夜的盘山公路出事，同车的人就有高丽的爸爸。

安安出生时，她的爸爸已经去世好几个月了。她只见过爸爸的照片和爸爸为还没出生的自己准备的小玩具。爸爸不知道尚未出生的孩子是女儿还是儿子，所以做了双份玩具。

高丽拍了拍安安的脸：“你要我？”

安安的脸颊一侧微微发红，屈辱的感觉让她的身体微微颤抖，她不喜欢这样。就在这个时候，她再度听到了雨声——

雨水从时光的尽头汹涌而来，四周的世界渐渐淡去，像时光的旧影子。这一次，安安站在雨地里，她的右侧不远处是一座废弃的超市。蓝色的蔓藤近乎包裹住了超市巨大的招牌，雨滴砸在安安的脸颊上有些疼痛。

身旁的少年碰了碰她的胳膊，棕色的眼睛里有着担忧的神色：“我们需要进入超市避雨，你还在头疼？讨厌的命运彗星综合征。”

安安低下头发现自己戴着深黑色的手套，握着一把沉甸甸的匕首。她站在阴郁的雨水里，看着陌生的少年走向超市，他脚下的水泥地裂开了许多地方，不远处的泥地里居然有着数个巨大的脚印。冰冷的感觉从安安的脚后跟攀爬而上，她连忙跟着少年走进了超市。

这座超市已经被植物占据了大部分的墙面，空荡荡的货架上是厚厚的灰尘。安安忍不住想要知道这座城市发生了什么。南侧整面墙的玻璃碎掉了一些，冷风冷雨从外面钻了进来。晦暗的天光里，安安听到了沙沙的声响。紧接着她在不远处黑暗的角落里看到了浮在半空中的几点火光。不！那不是火光，是野兽的眼睛！

雨声消失了，安安有些头疼，她扶住更衣室的衣柜，发现不远处的高丽正趴在地上看着她。高丽眼中的愤怒和嘲弄已经消失殆尽，取而代之的是恐惧。

安安有些怔忪，她想要说什么，疑问的视线落在高丽的两个跟班身上。她们脸色发白，在安安的注视下不自觉地颤抖着。

安安沉默地换了体育课要穿的运动短衣短裤，然后径直离开了更衣室，没有人再阻止她。她知道，也许前几天的那个黄昏和过去的几分钟都不是幻梦。她似乎和某个陌生的不属于这个时代的女孩交换了意识，就那么短短的几分钟。

二　如果我是你

黄昏的城市里，无数人匆匆赶往自己的家，卸下疲惫和伪装，就像鸟儿经历了漫长的白昼，回到窝里静静看着夕阳落下。

安安回到家时闻到了饭菜的香味。她推开厨房的门，看着忙碌着的妈妈，不知道为什么鼻子微微发酸。12年来，她和妈妈守在一起，她从未想过妈妈会不会寂寞。

母女俩一边吃饭一边说着琐碎的话。安安喜欢吃妈妈做的饭，喜欢妈妈看着她的眼神，喜欢妈妈和自己聊天。偶尔，妈妈会提及爸爸，就像爸爸还活着一样：这是你爸爸喜欢的花，这是你爸爸喜欢的球队，这是你爸爸喜欢的颜色。

安安想起了什么，她迟疑了一会儿，终于说出了口："班上前不久转学来的女生叫高丽。她说爸爸出车祸的时候，她的爸爸也在那辆车上。"

妈妈拿着筷子的手顿住，她的笑容凝固了，就像是被安安的话击碎了心里藏着的花朵。

12年前，丈夫跨省追捕逃犯，离家时只是小心翼翼地给了怀孕的自己一个拥抱。三天后的夜里，她接到丈夫车祸去世的噩耗。有时候，她觉得丈夫还活着，只是无法触摸。他在这个家里静静看着女儿出生长大，看着她一天天老去。她早晨洗漱时看着镜子里的自己，恍惚觉得这

12年如闪电如露水，是梦境也是幻觉。

“没人知道车祸是怎么发生的，你爸爸和孙叔叔因公殉职，那名逃犯确实姓高。我们安家不欠任何人。”妈妈平淡地回答，再度夹菜吃饭，没有人再说话。

电视新闻里正在播放关于命运彗星的消息，它正在逐渐靠近地球。值得庆幸的是，它大约只是会擦着月亮掠过地球，继续它的旅行。

安安又开始头疼了，她匆匆回到房间，在书桌上的作业本里写下了一句话：我是安安，你是谁？

这一次，安安没有听到雨声，她看到了灿烂的群星。夜幕低垂，银河是熟悉的模样。虫鸣声在耳边隐约可闻，是属于大自然的乐章。安安躺在巨树树杈的某个鸟窝里，夜风落下，她也就躺在了夜风的怀抱里。

如此巨大的树，安安从未见过，右侧的远方是城市建筑群的剪影，在星光下如静默之山。一些细碎的记忆从她的意识深处浮现，那是属于陌生女孩的一点点的记忆。刹那之间，安安突然明白，这个陌生又熟悉的女孩在时光河流的另一处河段。她还未出生，她生活在100年后。

100年后的人们说不清灾难是如何发生的，也许它在显现之前已经在人类历史里酝酿了100年或者更久。当南极的永冻土开始融化时，那些属于史前时代的病毒就被释放了。它们面对这个崭新的世界，有的陷入永恒的死亡，有的则学会了适应这个新世界，不断变异和成长。

人类文明并未就此终止，却也从繁盛步入了衰败。大片的城市被狂暴的特殊植物“蓝渊”占据。蓝渊能在天然铀矿上生长，提取能量自我进化。雪上加霜的是，和蓝渊伴生的某些野兽的身形变得越来越庞大。

安安看到了天际一点明亮的拖着长长尾巴的星星，那是命运彗星。是命运彗星让她和100年后的女孩发生了命运的纠缠吗？随着命运彗星逐渐靠近地球，这种纠缠变得越发频繁。

安安躺在星空下，一动不动。那些记忆的碎片并不多，如浮光掠影。美玲自小颠沛流离，父母去世后在孤儿学校长大。如今的生活已经比幼时好了一些。人类也在进化，开始逐步夺回城市的控制权。少年们在城市的边缘狩猎，在教官的带领下清除危险物种。安安猜想，此刻的美玲正离开自己的家漫步在小区外开满蓝花楹的街道。

黄昏热闹而安详，人群如银鳞鱼般穿梭在街道的两侧，那些汽车则是更威武的鱼儿们。淡金色微微带着一点橘红的阳光如神迹一般掩盖住了尘世的悲欢。

这是美玲从网络和书籍里才能看到的城市：活生生的、灿烂绽放的蓝花楹，安逸、美好、匆忙，但人们不知道这一切在100年后已经终结。美玲走进人潮汹涌的大超市，带着好奇的心情试吃了不少免费的水果。那些来自热带的亚热带的各式水果芬芳甜蜜，不需要冒着生命危险采摘，也不需要用野兽的肉来交换。

美玲漫步在超市的每一个商铺，在水晶灯下打量着镜子里陌生的影像。这是一个短暂而美好的梦，她想。她在超市旁边的书店角落里站着，翻阅自己感兴趣的图书。她翻看着一本介绍这座古老城市的杂志，眼底的惊讶越来越多。植物学家李耳曾经对蓝渊的溯源发表过系列论文，他认为蓝渊最早出现的地点就是美玲如今身处的城市。

也许蓝渊此刻就在某块小花园里舒展着它淡蓝色的枝条，静静等待着进化的契机。

有人声称，蓝渊的来源很可能是一场流星雨带来的神秘种子。也许某个未知的文明耗费亿万年的时间将蓝渊的种子通过流星雨扩散到数以亿计的星球，期待着它们适应不同的星球环境，展开自洽式的进化，甚至形成神秘网络，拥有独特的群体意识。

一个狂热的念头出现在美玲的意识深处——寻找蓝渊幼苗，毁灭它，也许100年后的一切都将截然不同！

美玲想要把自己的想法写下来告诉安安，却发现四周的一切变得模糊，意识纠缠因为触碰了某个世界的规则被强行终止。美玲原本还可以和安安意识交换数次，直至命运彗星远离地球，但她的这个足以改变河流走向的念头导致命运的馈赠消失了。

身在河流的鱼无权改变河流的方向。即使是命运的恩赐，也不过是让某一条特别的鱼高高跃出河面，看到更广袤的世界，沐浴星光。

三　未来是不确定的

安安的意识回到了自己的身体里，原本广袤的银河被书店的天花板取代。

她愣了愣，环顾四周，不少人正在书店里闲适地翻阅书籍。美玲也喜欢看书吗？

书店外的人群似乎有些激动，有人指着高高的落地窗外叫了起来：“流星雨！”

在黑暗的宇宙漂流的星星的碎片们终于抵达了地球，它们和地球的大气层摩擦，燃烧了起来，以耀眼的姿态在生命的尽头绽放出光辉。

蓝灰色的夜幕里，发光的流星雨如不期而遇的邂逅，留在许多人的眼底心上。人生短暂，刹那绽放的光辉是对永恒发起的挑战。对于宇宙来说，人类文明的辉煌和流星雨最后的绽放都不过是刹那。

安安往居住的小区走去，妈妈说过要早点回家，不要在夜色里游荡。

在距离小区不远的街边小公园里，安安看到了一点点橘色的光一闪即逝。她好奇地走了过去，看到园土被砸出了坑，一块拳头大小的蓝灰色的石头躺在浅坑底部。安安小心翼翼地用一节树枝戳了戳石头，这是一块陨石吗？

安安想象着这颗细小的星星在黑暗的宇宙里漂流，经过太阳系边缘的碎冰地带，掠过冥王星，逃离木星巨大的引力，终于在这个夜晚抵达地球。陨石在浅坑底裂开，一颗冰蓝色的种子静静躺在其中，就像来自星之深渊的一个梦。

没人知道最初的蓝渊来自哪里，在地球的哪个角落度过漫长的幼生期，许多真相淹没在历史的尘埃里。安安带着蓝渊的种子回家，对她来说，这只是一个有些不同寻常的夏夜。

安安回到家发现自己书桌的作业本上，在她自我介绍的旁边出现了一行字：安安，我是美玲，很高兴认识你！

安安拿着作业本微笑了起来，她在心底说：我也很高兴认识你。

城市在晨曦里慢悠悠地苏醒，空气中是草木的香气，微风从人们的衣角拂过，香气馥郁的七里香从旧楼一侧垂下，是花的瀑布。透明的阳光深处，似乎有自然那神秘的耳语在呢喃。

安安的卧室窗台上，蓝渊种子在晨曦的光里仿佛动了动。它大约有一颗榛子那么大，外壳布满隐约的花纹，看起来像是幽深河谷里一尾鱼的细鳞。

妈妈推开安安卧室的门看了一眼，并没有注意到蓝渊种子。她有些担心自己昨晚的沉默让女儿愧疚，女儿从来都是报喜不报忧的。她提及转学生高丽的父亲是当年的那个逃犯，是不是因为她被高丽欺负了？

起床的安安看着妈妈露出微笑：“早！”

妈妈打量着朝气蓬勃的女儿，也笑了：“早！”安安并不喜欢倾诉心底的难过，和她的爸爸一样温柔，自己应该相信安安能解决她遇到的问题。

安安离开家上学前，把蓝渊的种子种入了书桌前窗台上的花盆里。她细心地浇水，期待着种子能好好生长，开出奇异美丽的花朵。

小学六年级的功课有些重，很多同学都在参加各种各样的培训班。安安从来都不补课，她知道妈妈赚钱并不多。高丽看起来家里很有钱，她的书包据说是香奈儿限量版的。

这一次，当高丽的视线和安安的视线交错时，她并没有抬起她高傲的下巴，而是有些狼狈地快速移开视线。安安不知道在那短短的几分钟里美玲对高丽她们做了什么，她们甚至没有向老师告状。

安安发现，有时候强硬的态度也许比温柔小心更能解决麻烦。

中午的时候，安安在教室后面的黑板上写下最近的新闻：命运彗星在三天之后将远离地球，下一次光临会是100年后。安安不知道她和美玲的意识纠缠何时会再度发生，她的偏头疼好了许多。

粉笔在黑板上划动会有一种温润的错觉，窗外的梧桐树在风里沙沙作响，时间变得缓慢悠长。安安在网络上查询过对时间的描述，对于人类来说，时间是大脑的错觉，也许并没有所谓的过去、现在和将来。一个时间点对应着无数的未来的可能，美玲的未来是概率最大的那个可能。

安安对美玲的时代并没有什么太多的了解，美玲的记忆碎片太少，安安甚至不知道蓝渊长什么样。她期待着再一次的意识交换和写信互动。

但是，直到命运彗星远离地球，安安也没有再次和美玲交换意识，美玲的出现和消失都那么突然。这种意识交换似乎只是命运彗星偶然带来的礼物，然后就这么伴随着它的远离消失了。

安安沮丧了好几周，她的心中有着巨大的失落感，唯一值得安慰的是她精心照料的神秘种子萌发的幼苗又长出了新的叶子。为了纪念美玲，安安为神秘的陨石种子取名为安玲。

安安并不知道，原本拾到蓝渊种子的人会是生物实验室的某个年轻人。蓝渊种子将在实验室里度过备受煎熬的幼苗期，遭受各种严酷的测试，原本隐藏在蓝渊基因深处的那缕才萌生的意识也因此变得冷酷狂暴。

两个一无所知的小女孩，在命运的隐藏点获得了真正的馈赠。蓝渊不再是蓝渊，它在爱的关注下醒来，展开了截然不同的进化之路。

夏天要结束的时候，安安在卧室的墙上挂了一幅自己画的画，那是一个没有面孔的女孩子的肖像画。

妈妈问安安画的是谁。

安安回答，那是她一个在远方的好朋友。即使不会再见面，也会永远怀念。

她有时候会看一看作业本上美玲写下的那句话：很高兴认识你！

安安总觉得这句话带给了她许多温暖和勇气，原来自己是值得期待和被认可的。

她会永远记得美玲，因为她和美玲曾经沐浴在同一片星空下，见过同一场大雨，邂逅过同一颗命运彗星。

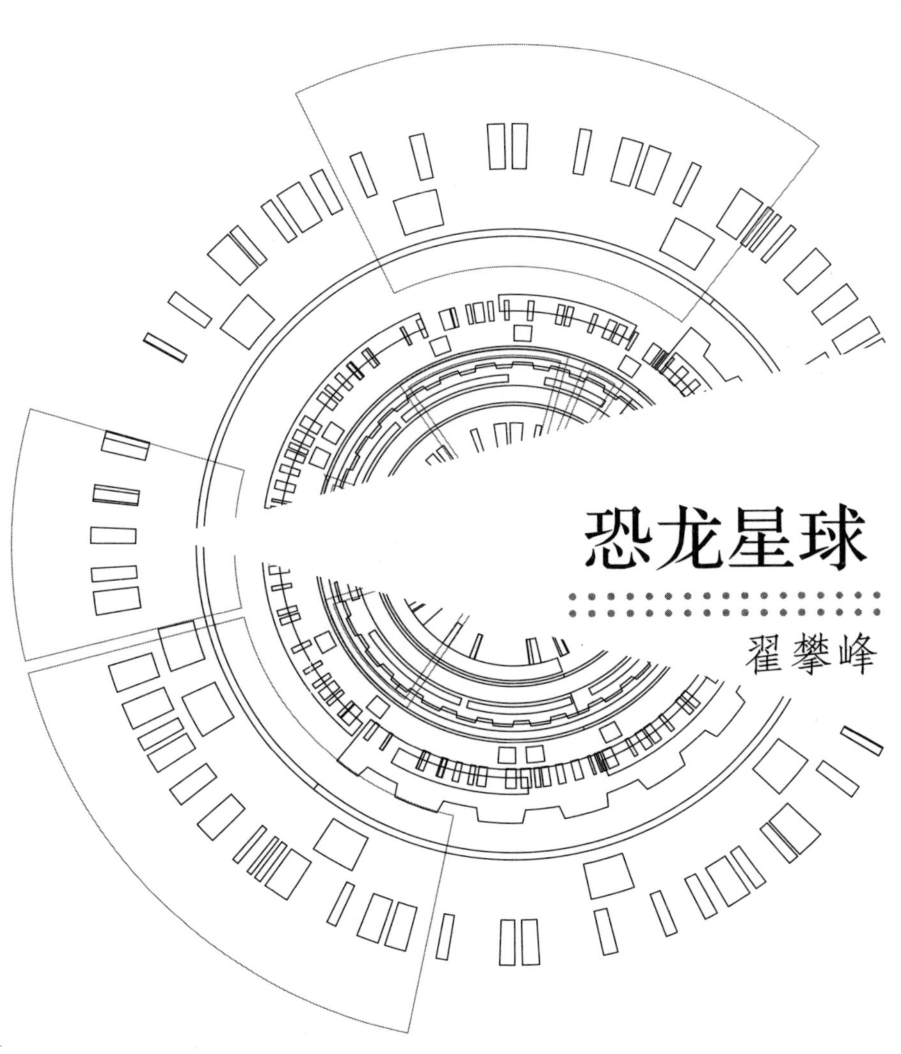

恐龙星球

翟攀峰

一 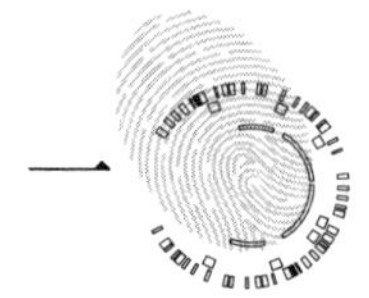

“呜——呜——呜呜呜——”

一阵急促的警铃声，在舰长休息室内响起。

袁雨一个激灵，从舒适的床上跳了起来。

太空船猛地晃了一下，袁雨差点摔倒。他一边朝驾驶舱奔去，一边大喊：“报告情况！”

一个略带生硬的声音说道：“前方出现太空岩石群，太空船无法避开，正在评估碰撞危险。”

袁雨此时已经冲到驾驶舱，他朝外边看去，只见密密麻麻的太空岩石几乎布满了前方整个区域，它们正朝着飞船疾速飞来。

17岁的袁雨，已经有了几年太空远航的经验，可是这样的突发状况，他还是第一次遇到。

“评估结果！”袁雨大声喊。

“外舱体遭受撞击，后推器3号发动机故障，危险级别五级。”略带生硬的声音来自飞船上的主控制程序，名叫“智者”。

袁雨稍微松了一口气，可是智者接下来的话，让他的心脏如同受了重击：“30秒之后，太空岩石群会正面撞击飞船，模拟结果：危险级别为一级。”

“一级？！”袁雨喉头发紧，他一边驾驶飞船躲避着提前到达的太空岩石，一边大声命令，“想办法避开这些太空岩石群！”

“后推器出现故障，飞船没有足够动力，除非——”

“除非什么？”

“启动这艘飞船上的时空跳跃驱动。”

袁雨犹豫了一下。

“时空跳跃”是他父亲袁远天的一个研究设想和成果：在飞船上装配一种新型合成超导体，这种超导体的能量会让飞船所在的空间产生时空曲率效应，从而到达人类之前无法到达的星系。

四年前，袁远天首次试验时空跳跃技术，协助实验的是“远征号”飞船的顾宇船长——他以“人类历史上最伟大的星际探险家”的称号而广为人知。

顾宇船长曾经驾驶“远征号”，在银河系中远航并且发现12个适合人类居住的星球，并且帮助了几千名首批地球居民到其中的几个星球定居。

顾宇船长说服袁远天把时空跳跃技术安装在“远征号”进行试验。但是，很不幸，他们第一次的试验就以惨烈的失败而告终——“远征号”在太空中消失至今，没有人知道他们到底遇到了什么。

父亲失踪后，袁雨继承了父亲的这艘“前景号”飞船，他坚信父亲的飞船一定在银河系的某个星球上。他开始驾驶着飞船，在父亲当年失踪的区域附近寻找“远征号”，但至今没有任何线索。

就在袁雨思绪万千时，两块太空岩石击中飞船。飞船猛地晃动了两下。

袁雨稳住身子，冷静地命令：“启动时空跳跃！”

“时空跳跃驱动启动。”智者回应道，“倒计时开始。10，9，8，7……”

袁雨紧张地盯着朝飞船疾速飞来的太空岩石群，手心开始出汗。

两块巨大的太空岩石撞向飞船。袁雨驾驶飞船灵巧地避开，两块太空岩石擦着飞船疾速而过。

太空岩石群如同密密麻麻的巨大炮弹一样，向飞船冲来。眼看飞船就要被太空岩石群砸中，突然一道刺眼的亮光在飞船外闪了一下，紧接着，飞船外的太空岩石群消失了。

三秒钟之后，目瞪口呆的袁雨清醒过来：并不是太空岩石群消失了，而是他的飞船出现在另一个地方。

“报告位置。”袁雨紧张地问。

“仙女座星系。”智者说。

仙女座星系？！怎么可能？那可是银河系之外的星系！袁雨清楚地记得，父亲曾经说过，人类的科技根本无法到达那里。突然，袁雨脑中闪过一个让他激动万分的想法：父亲的飞船在进行时空跳跃试验的时候，说不定也遇到了与自己一样的情况，到达了银河系之外！

“我们还能回去吗？”袁雨问。

“理论上可以，但是时空跳跃驱动的能量只够再启动一次。”智者停顿了一下，“收到三条和地球编码系统相同的求救信息。”

“什么信息？”袁雨激动地问。

一排文字立刻出现在袁雨面前的显示屏上：

“我是‘远征号’的顾宇船长，如果你收到了这条信息，说明你是地球人，并且使用了同样的技术到达了这里，请到这个坐标来找我。”

接着，一个星系坐标显示在屏幕上。

“顾宇船长！”袁雨激动得叫出了声。爸爸和顾宇是一起失踪的，如果找到顾宇船长，也就能找到爸爸了！

“多久能到那里？”袁雨大声问。

“飞船动力受损，需要一个月，而且这会导致时空跳跃所需能量不够，我们可能无法回到原来的跳跃点。”智者说，“评估结果——不建议前往该坐标。”

袁雨没有任何犹豫，命令道：“立刻前往顾宇船长发来的坐标位置！”

一个月之后，坐在驾驶舱内的袁雨，看到飞船前进的方向出现了一个蓝绿色的星球，他忍不住揉了揉眼睛。

二

“我们回到地球了？”袁雨问。

“那是一个类地球星体，我刚做了遥感扫描，那里有陆地和海洋，还有生命迹象。”智者说，“顾宇船长的求救信号，就是从这个星球上发出的。”

飞船朝那个星球飞去，随着离那个星球越来越近，袁雨看到那个星球表面覆盖着成片的绿色森林，无数个山谷和湖泊也布满了那个星球。

“前景号”终于到达星球上空，袁雨驾驶飞船朝下方森林旁边的山谷飞去。突然，山谷的森林中冒出五艘飞船，它们发出震耳欲聋的声音，朝着“前景号”冲了过来。

一艘飞船朝“前景号”发出一道光束，打在“前景号”上。

“前景号”晃动了一下，然后朝对方发出一束反动力冲击波。对面的那个飞船竟然没有躲闪，它被击中后，船体冒出浓烟。紧接着，袁雨看到一个奇形怪状的东西从飞船驾驶舱弹了出来。

那个东西疾速坠落，几秒钟之后，一双翅膀从那个东西两边伸展开，然后从“前景号”旁边飞速掠了过去。

袁雨看着那个东西，惊讶得几乎合不拢嘴，因为那竟然是一个生物，这个生物和地球上已经灭绝的翼龙几乎一模一样。这时剩下的四艘飞船将“前景号”围了起来，袁雨正要驾驶“前景号”从包围圈中逃开，“前景号”却突然完全失控，迅速朝地面坠落。

“怎么回事？”袁雨大声问。

“我们遭到电磁炮攻击。飞船的动力暂时失效，正在重新启动。”智者报告。

“前景号”开始朝着山坡俯冲下去，几秒钟后撞到地面上，袁雨一阵眩晕，眼睁睁地看着飞船落在地面上又弹了起来，接着他就什么都不知道了。

袁雨醒过来的时候，发现自己躺在一个房间内的床上，房间和外面有玻璃隔着。玻璃外边，站着一只长脖子恐龙模样的高大生物。那个生物披着一件可笑的蓝色披风，身后是四个和他长相差不多的生物。

“你叫什么名字？”那个恐龙模样的生物突然开口说话，把袁雨吓了一大跳。

袁雨慢慢朝玻璃走去，他打量着外边，外边那个生物又问：“你叫什么名字？”

“袁雨。”袁雨说完，又警惕地问道，“这是什么地方？你们——”

“这里是恐龙星球，我叫尼克，是恐龙舰队的副指挥官。”自称尼克的恐龙说，“你来这里干什么？”

“我来找我父亲，他叫袁远天。”

“袁远天？”尼克声音缓和了很多，他用手在玻璃屏幕上点了几下，上面立刻出现了一个中年人的影像。

“是不是这个人？”尼克问。

“对！就是他！”袁雨激动地贴到玻璃上，拍着玻璃大声喊道，“快告诉我，他在哪儿！”

“袁博士在一年前不幸感染病毒，已经去世了。”尼克的声音低了下来，“他和你们地球的顾宇船长到了这里后，帮助我们提高了科技水平。我们能和你沟通，就是因为他们教会了我们人类的语言。”

玻璃门突然自动打开，袁雨不由得朝后退了一步。

尼克朝袁雨伸出手：“既然你是袁博士的儿子，那也是我们的朋友，从现在开始，你可以在这里自由行动。”

“我父亲……他的……”

尼克好像猜到了袁雨想问什么，说：“我们把他安葬在恐龙星球墓地里，我可以带你去那里。”

路上，尼克向袁雨介绍了恐龙星球的情况。

恐龙星球居住着300万居民，他们大部分都居住在森林里面，分为11个部落。他们的科技非常发达，但是都安于现状，和地球向外扩张的狂热相比，他们对外太空探索不感兴趣。

可是，自从顾宇船长来到这里之后，他说服了恐龙星球的议会，开始在基地建造舰队，进行外太空探索研究。

“这里的人类呢？”袁雨忍不住问。

“人类？”尼克笑了，“这个词在我们这里并不存在，顾宇船长来到之后，我们才知道人类这种生物。我们恐龙一直统治着这里，人类根本不曾在我们星球出现。”

他们来到墓地，尼克在一个墓碑前面停了下来。墓碑上用地球语言写着袁远天的名字，旁边是另一种袁雨不认识的字，大概是恐龙星球的语言。

“你父亲和顾宇对我们星球帮助很大。”尼克说，“三年前，恐龙星球突然暴发了一场大瘟疫，是顾宇船长研究出了疫苗，控制了瘟疫。”

袁雨好像什么也没有听到，他跪在墓碑前面，潸然泪下。

从墓地回来后，尼克带袁雨来到自己的家里。尼克是个单身汉，居住在森林的一个巨大树屋里。袁雨对尼克家感到很惊奇，好像进入了大观园一样，眼花缭乱。顾宇船长在傍晚的时候来找尼克，看到袁雨，他并没有表现出太多惊喜的神情，这让袁雨多少有点意外。

“我们启动时空跳跃后，就出现在这个星球附近。”顾宇船长告诉袁雨，“我们以为就要回到地球，可是没想到这是恐龙星球。”

顾宇瞥了一眼旁边的尼克，问袁雨：“你是怎么找到这儿的？”

“我遇到了太空岩石群，只能启动时空跳跃驱动，没想到也来到这个星球附近，还收到了你发出的求救信息。”

“我们确实发出过信息。”顾宇的眼神有些闪烁，“你的飞船受损严重，我需要飞船的控制代码才能修好它。”

尼克突然咳嗽了起来。袁雨瞥了一眼尼克，然后把一个代码写给了顾宇船长。顾宇船长急匆匆地离开了。

尼克邀请袁雨到了树屋的最上面。夜幕下的森林中，不时有绿色的荧光从森林掠过。

“那是什么？”袁雨好奇地问。

“夜火鸟，它们喜欢在夜里四处活动，羽毛会发出绿色的光。”尼克说，“顾宇船长说它们像地球上的萤火虫，所以它们又有了新的名字，叫萤火鸟。”

尼克又指着森林远处一片灯火通明的地方：“那里就是顾宇船长建造舰队的地方。我现在和他一起工作。”

“能和他在一起工作，真是幸运。”袁雨羡慕地说。

尼克长长的脖子低了下来，他看了一眼袁雨：“在你们地球上，顾宇船长是怎么样的人？”

“他可是我的偶像，他发现了12个星球殖民地，如果他没有失踪的话，也许他能发现更多的星球殖民地。”袁雨兴奋地说。

“星球殖民地？”

“是呀，地球有这样的星际协议，只要谁先发现并且登陆一个新的星球，谁就可以成为这个星球的主人。”

尼克没有说话，好像在想着什么。

几道绿色的荧光从森林下方闪过。尼克脸上露出警觉的神情，他把头微微转动了一下，突然他一把抓住袁雨，迅速朝旁边跳了下去。

三

袁雨还没有来得及惊呼出声，就发现自己安然无恙地落在地面上。

“别说话！”尼克把袁雨推到一棵大树后面，“在这里等我。”

说完，尼克迅速从树后跳了出去，然后拉起地上的一块板子，从里面拿出一支枪，又重新躲在树后。

一只发着绿色荧光的鸟突然从他们面前掠过，袁雨看到离他们不远的地方，一个全副武装的高个子恐龙正朝着尼克家的树屋走来。

一道黑影闪过，原来是尼克迅速跳了过去，转眼间尼克和那个恐龙扭打在一起。

突然，尼克一下子飞了出去，手里的枪正好落在树后的袁雨身边。那个恐龙跳到尼克身边，手里的枪顶在尼克的头上。

“指挥官先生，”那个恐龙粗声粗气地说，“没想到会有今天吧？”

“你是怎么逃出来的？”尼克问。

“当然是有人放我出来的。”那个恐龙得意地说，“那个人还答应我，等你死了，我就是新的指挥官。”

“是谁？”尼克冷静地问。

“你以为我会告诉你吗？”接着，那个恐龙逼问道，“和你一起的那个地球小子在哪儿？”

“我在这儿！”随着一声怒吼，袁雨突然出现在他身后。袁雨用力把手里的枪朝那个恐龙的头上打去。

那个恐龙发出一声怒吼，尾巴朝袁雨一甩，袁雨被打得摔倒在地上，手上的枪也落在地上。尼克突然跳了起来，一把夺过那个恐龙手里的枪。接着就听到一声枪响，那个恐龙瘫倒在地上。

“你没事吧？”尼克拉起袁雨。

“没事。”袁雨擦了一下嘴角的血，指着地上的那个恐龙，“他是谁？”

“他是我抓过的一个罪犯。”尼克看了一眼地上的那个恐龙，“一定是顾宇船长派他来的。”

“顾宇船长？这里一定有什么误会……”袁雨立刻说。

“我想明天再告诉你，但没想到顾宇船长这么快就要对我下手了。”尼克说。

“告诉我什么？”

“你父亲死得很蹊跷。他死后，我在他的实验室找到了一份文件。”尼克说，“可惜，那个文件是经过加密的，我一直打不开。一个月前，顾宇船长突然指控我偷拿实验室的文件，还要我交出来。我虽然一直否认，但是很显然，他根本不相信。”

“我飞船上的智者一定能解开。”袁雨连忙说。

“你的飞船已经被运到了基地。”尼克皱起眉头，好像在思考着什么，“顾宇对你的飞船那么感兴趣，他晚上来找你，就是为了获得那个飞船的权限。你的飞船有什么特殊的地方吗？”

“没有什么特殊……”袁雨突然眼睛一亮，“我的飞船上安装了时空跳跃驱动。”

“时空跳跃……”尼克沉思了一下，“顾宇曾经说服我们星球的议会开采矿产制造超导体，这样就能让我们的飞船在星际间旅行。”

“什么？”袁雨睁大了眼睛，“你们有超导体的矿产？”

“是的，它们就在基地附近的矿山旁边，我们一直开采它们作为照明材料。”

“只要拿着那份文件到基地找到我的飞船，就能知道到底发生什么事了。”

“我有基地的权限，我们现在就去！”尼克立刻说。

他们进入基地时，袁雨一眼就看到，“前景号”飞船正停在基地的一片空地上。

尼克问基地里的一个恐龙士兵：“顾宇船长呢？”

“在基地办公室。”士兵回答，“需要我去找他吗？”

尼克说：“不用，我来取份东西，很快就走。”说着，袁雨和尼克迅速朝“前景号”走去。

四

进入“前景号”飞船后，尼克立刻从口袋里拿出一个电子U盘交给袁雨，袁雨将它放进了“前景号”的驱动器里。

“智者，快点解密里面的内容。”袁雨大声命令。

“请稍等。”过了一会儿，智者说道，“解密完成。这是一份视频文件。”

“播放。”袁雨命令。

一个画面出现在他们眼前的屏幕上，在视频里面，袁雨的父亲正在和顾宇争吵。

“原来是你干的！你为什么要把病毒扩散出去？”袁远天手里拿着一个试剂盒，一脸怒色地质问顾宇。

“为了我们地球，这也是为我们自己。”顾宇冷静地说，“我们周围都是不开化的恐龙，如果不让他们知道我们在这里的价值，我们随时都可能活不下去。”

“你让恐龙部落的恐龙人染上病毒，然后我们再救治他们，就是为了让他们知道我们的价值？”袁远天声音一下子提高了很多，“你知不知道，这种病毒已经杀死了几万个恐龙人！”

“恐龙人？他们不是人，只是地球上灭绝的一种动物！只有人类才配统治这个星球，统治整个宇宙！”顾宇大声道。

“你简直是疯了！我宁愿死在这里，也不会帮你回到地球。”

“你现在说这句话已经晚了！”顾宇船长一脸狞笑，“时空跳跃需要的能量来源我已经找到了，我利用时空跳跃技术回到地球后，会带着舰队再次来到这里。如果恐龙部落不听从我的统治，这种病毒会让他们在这个星球上消失。”

“你别忘了，我们的飞船还没有修好，我也不会告诉你时空跳跃的启动密码。”袁远天冷笑一声，“还有，我要把你做的事情告诉恐龙星球的议会，让他们停止帮你建造远航飞船。”

“你简直疯了，竟然和地球人作对，帮那群该灭绝的生物！”顾宇歇斯底里地喊道。

“我看你才是疯了！”袁远天厌恶地瞧着顾宇，“希望你在恐龙星球的监狱里过得愉快。”

说完，袁远天转身朝外面走去。突然，顾宇从旁边的架子上拿出一个针管，朝袁远天扑了过去，针管一下子扎在袁远天的脖子上。

袁远天吃惊地回过头看着顾宇，身子慢慢瘫软：“你……你对我做了什么？”

“最新的病毒。”顾宇冷酷地说道，“顶多再有十秒钟，你就会丧失语言能力，然后就会停止呼吸。你只要告诉我启动密码，我会立刻给你注射疫苗。”

“你……休……想……”袁远天捂住喉咙，身子慢慢倒在地上。

看着屏幕上表情痛苦的父亲，袁雨满眼都是泪水，他悲愤地握紧了拳头："顾宇！我不会放过你的！"

"是吗？"一个声音突然在他和尼克身后响起。

袁雨连忙回头，只见顾宇船长站在舱门旁边，手里握着一把电磁枪。

"你！"袁雨刚要冲过去，尼克拉住了他，朝他摇了摇头。

"还是我们的指挥官先生聪明。"顾宇晃动着手里的枪，"只要我按下开关，你们小命就都没了。"

"你想怎么样？"尼克沉声问。

"你们发现了我的秘密，我当然不能放你们活着离开。"顾宇突然扣动扳机，一道闪电般的蓝光打在尼克身上，尼克惨叫一声，昏倒在地上。

"尼克！"袁雨大喊。

"放心，你的新朋友没有死。"顾宇用枪指着袁雨，"告诉我飞船的授权密码！"

"我已经告诉你了。"袁雨冷静地说。

"你给我的授权密码是假的。"顾宇的语气突然变得柔和起来，"孩子，我们可以一起离开这里，回到地球。"

"然后呢？"袁雨愤怒地盯着他。

"然后？很简单，我带地球人来这里。这个星球森林遍地，有各种矿产。我之前发现的那些星球，和它比起来简直不值一提。想想看，你会和我的名字一起，被载入人类的史册！"顾宇目光狂热地看着袁雨。

"这是恐龙星球，不是地球人的家！"

"那又怎么样？"顾宇说，"我已经找到了他们的弱点，只要提前发射几百个病毒炸弹，等我们来的时候，这里不会再有任何恐龙。”

“你想把他们斩尽杀绝？”袁雨倒吸一口凉气。

“他们本来就不该存在。这里有着和地球几乎一模一样的环境，有和地球一样的演化过程。他们太幸运了，小行星没有撞击过这里，让他们进化成现在这个样子。可是和人类相比，他们没有任何野心，早晚要被其他星球的人奴役消灭，现在只不过是由我们先来做这件事。”

“你代表不了人类！如果要代表，你也是代表了人类那些邪恶的人。”袁雨怒视着他。

“随你怎么说。”顾宇耸耸肩，“未来的人类会感谢我，因为我帮他们找到了这样一个美好的家园。现在，请你告诉你的主程序，授权我成为它的主人，我就会放过尼克指挥官。”

袁雨瞧瞧仍然倒在地上的尼克，突然发现他睁开一只眼，迅速朝他眨了一下，然后又闭上了。

“飞船的最高授权需要指纹授权。”袁雨说着，慢慢走到主控制台前面。

他在一个触摸屏上按下指纹，命令道：“解除语音控制，启动指纹控制更改程序。”

“语音控制已解除，请输入新指纹和新语音控制代码。”智者说道。

袁雨扭头看着顾宇：“在这里输入指纹，你就可以取得飞船的最高权限。”

顾宇犹豫了一下，然后朝控制台走来，袁雨紧张地盯着他。

顾宇走到一半，地上的尼克突然跃了起来朝顾宇扑去。袁雨刚松了一口气，可是顾宇往旁边及时一闪，手里的枪突然发出一道蓝光，尼克被击中后飞了出去，撞在飞船的墙壁上。

袁雨冲了过去，用力撞击顾宇。顾宇没有防备，被他撞倒在地，手里的枪飞了出去。袁雨刚把地上的枪捡起来，顾宇就从地上爬了起来，和袁雨拼命争夺起枪来。

也不知道是谁扣动了扳机，一道蓝光闪过，正好打在顾宇身上，顾宇飞了出去，他的头重重地撞在舱门上，然后倒在地上一动不动了。

袁雨冲到尼克身边，用力摇晃着尼克的脑袋："尼克，醒醒！"

过了好大一会儿，尼克才睁开眼睛，他在袁雨的搀扶下，挣扎着站了起来。

他们来到顾宇身边。尼克查看了一下："他只是晕过去了。"

袁雨这才松了一口气。

两天后，恐龙星球议会决定停止远征舰队的建设，并且将顾宇船长监禁起来。但是这一切，顾宇船长已经无法知道，因为他清醒后，神志迷乱，只会说"时空跳跃驱动""占领恐龙星球"这些话。

医生说顾宇脑部受伤，可能一辈子都会这样，所以他的处罚被完全免除，然后被送进了恐龙精神病院。

"这是他最好的结局了。"尼克听说后，感慨地说。

袁雨的飞船修好了，在恐龙星球的科学家的帮助下，新的时空跳跃驱动装在"前景号"上，来自恐龙星球的超导体也给飞船提供了足够的能量。

袁雨临上飞船前，尼克突然问他："如果地球和恐龙星球有类似的历史，未来恐龙星球会不会像地球一样，内部发生战争，甚至去占领其他星球？”

“我不知道，”袁雨诚恳地说，“但是我相信一点，恐龙星球和地球一样，都会有善良正直的人，他们会制止这一切，就像你制止顾宇船长那样。”

尼克笑着点了点头。

和尼克挥手告别后，袁雨的飞船离开了恐龙星球，重新进入广袤的宇宙当中。

“我们去哪儿？”智者问。

“回地球，”袁雨说，“我想家了。”

“这次旅程的记录，已经记录在航行日记里了。你要读吗？”

“不！”袁雨说，“把这些记录全部删除。”

“需要做一个可恢复的备份吗？”

“不，彻底删除！”袁雨望着太空舱外无尽的太空，语气平静地说，“我不希望地球人去打扰他们，我父亲……他肯定也希望如此。”

来自星海的神

何涛

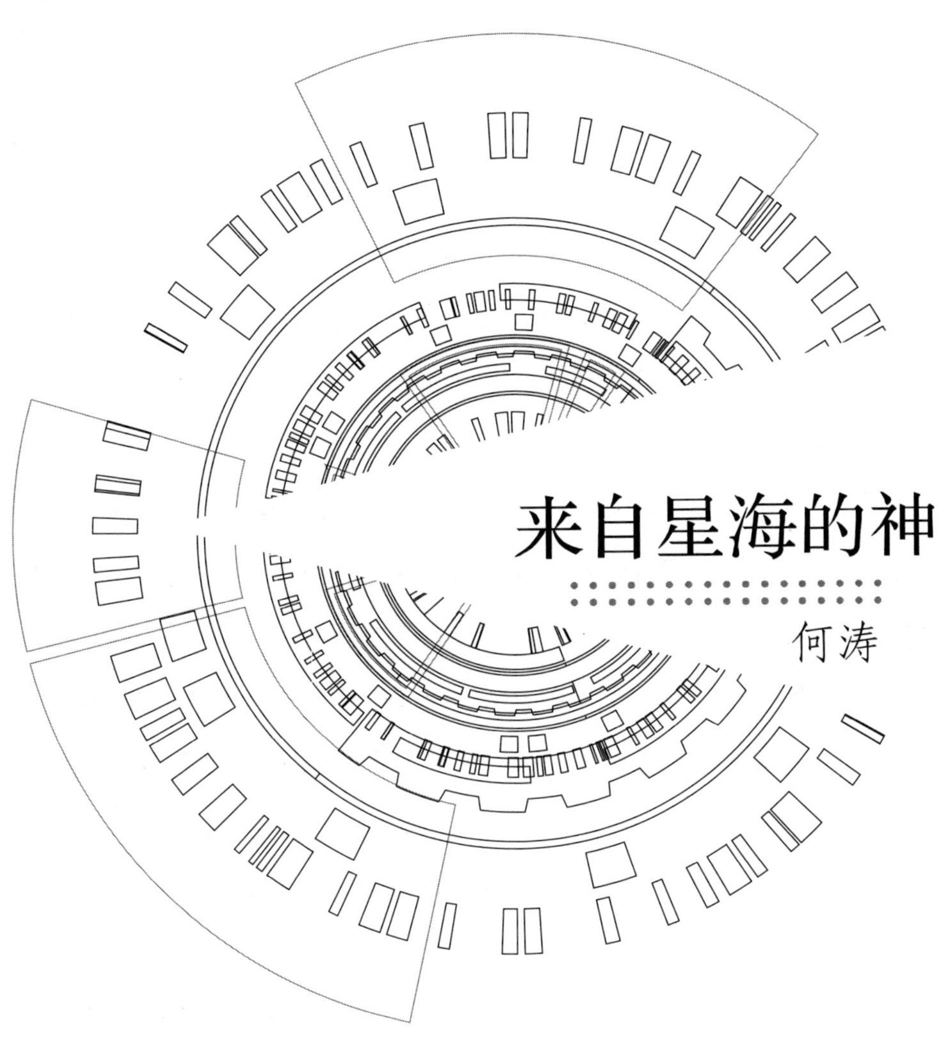

岚肚子很饿，他感觉自己能吃得下一整头多足兽，而且是生吃。

岚走到门口，探出脑袋向外面张望，并警觉地嗅着空气。草海苍翠依旧，长草在微风中起伏摇曳，带来了淡淡的清香。他看不到妈妈的身影，不过也没有危险的气息。

妈妈去缴纳贡品了，其他人家也一样，年幼的孩子们大都留在了村里。贡品由领主大人代收，在每年一度的祭神节上，领主会亲自献给伟大的星神，然后星神才会保佑他的子民们丰衣足食。

草海中隐约显露着一个个覆盖着草垫的土丘，那是村民们的家。和岚一样，大家都居住在洞穴里，只有领主大人不用住这种洞穴。

洁白的石山耸立在远方，和以往一样雄伟庄严。领主的家就在山上。妈妈今天一大早就出了门，她要赶很远很远的路，或许要到天黑才能回家。

岚又向外眺望一会，饥饿感终于战胜了胆怯，他决定出门去找东西吃。岚虽然才五岁，但个头比同龄人要大得多，应该有能力单独捕猎。

大草海物产很丰富，不过为了缴纳贡品，村民们几乎捕光了附近的一切，想得到猎物，就要去远处的鸟之森或红叶湖。

不知道为什么，星神对贡品的需求越来越多，今年的贡品比去年增加了将近一倍。岚曾听大人们谈论过这些，大家对此都很不满。不过，增加贡品数量是领主大人亲口宣布的，领主大人是星神在世间的传令官，他的话就是神的意志。违抗领主就是违抗至高无上的星神，因此没有人胆敢违抗领主大人。

岚爬出家门，站在沙沙作响的长草中犹豫了一会。最后，他决定去鸟之森。密林深处的四翼兽很可怕，但岚能借助树木的遮掩来躲避它们。相比之下，红叶湖才更加危险，只有经验丰富的猎手才敢去湖中捕猎。岚曾在湖边亲眼看到过嘴巴比两个人还要大的噬骨鱼，鱼嘴里的牙齿就像一排排寒光闪闪的短剑，让他胆战心惊。

红色的焰星几乎占据了小半个天空，低低地悬在头顶上方，低到仿佛随时都会掉落下来。但是岚并不担心，从族人们有记忆以来，焰星就是这个模样。伟大的星神就居住在焰星上，长老们都这么说，妈妈也这么说。当然了，谁也没有见过星神，与星神会面是领主大人才拥有的特权。

大约走了两个钟头，鸟之森出现在正前方，树木高大茂密，几乎一望无尽。森林里有许许多多可以填饱肚子的食物，幸运的话，还能捉到美味的彩尾鸟。岚伸出舌头舔舔嘴巴，加快了脚步。

就在这时，一道火光出现在天空中，岚停下脚步，警觉地抬起了头。那道火光从空中斜斜坠下，后面还拖着长长的尾焰，在苍蓝色的天幕下显得异常醒目。岚惊呆了，从出生至今，他还从未见过这样的情景。

岚伏在长草中，紧张地看着天空。那道火光越来越低，越来越近，最终呼啸着落进鸟之森里，惊起了数不清的多翅鸟。

那是什么？天上掉落了一颗星星吗？岚有些害怕，躲在草丛里不敢露头，紧张地盯着火光坠落的方向。

等了许久许久，再也听不见什么响动传来，岚的肚子却饿得咕咕直叫。岚又左右张望一会儿，终于壮起胆子向鸟之森走去。

高大浓密的树冠遮挡了阳光，鸟之森像夜晚那样昏暗幽深。

刚刚钻进森林，岚就抓到了一只斑皮鼠。这玩意不算好吃，平时猎手们都对它们不屑一顾，但饥肠辘辘的岚已经顾不上挑食，于是津津有味地把斑皮鼠吃了个精光。

岚意犹未尽地舔舔嘴唇，四处看看，没有发现四翅兽的身影。他放下心来，看准火光坠落的方向，继续向前走。岚想看看天空中掉落的到底是什么，他很好奇，而且彩尾鸟只有在森林深处才捕得到。岚想抓来几只彩尾鸟，那样妈妈回到家后就不用再为晚餐发愁了。

多翅鸟在头顶上方的枝叶中钻来钻去，还不断发出响亮的鸣叫。岚想爬到树上逮几只，但又怕被四翅兽发现，只得勉强压下了这个念头。

不知过了多久，岚终于接近了火光坠落的位置。

前方很亮，好像没了树冠的遮掩。岚没有贸然靠近，而是躲在一棵大树下，小心翼翼地探出脑袋张望。许多大树都齐根折断，断口处还流着亮晶晶的汁液，似乎是天空中掉落的东西砸断了这些大树。

一个怪模怪样的东西耸立在不远处，看上去就像特大号的鸟蛋，但是表面没有毛，光滑明亮，看不到一丝缝隙。这东西比最高的大树还要高，比村子里任何人家的洞穴都要大。

从天上掉下来的就是这个？星星就是这种样子吗？岚入神地看着那个没有毛的大鸟蛋，没有发觉头顶上方的树冠中多出了一道阴影。

阴影无声无息地从树冠中跃下，宽大的肉翅挡住了阳光。岚回过神，猛然抬头，才发觉一头庞大的四翅兽凌空跃落，前肢锋利的尖爪闪动着丝丝寒光。

岚惊慌失措，想回头钻进森林，却又发现四翅兽的尾翅挡住了去路。岚没有办法，只能掉头向那枚大鸟蛋的方向逃去。

四翅兽紧紧追来，岚拼命奔逃，但没有树木的掩护，四翅兽的速度比他快得多，仅几次心跳的时间就追到了岚背后。

就在这时，一道耀眼的红光从岚头顶上方掠过，四翅兽发出一声粗嘎的嘶吼，然后骤然跌倒，正好把岚压在身下。

岚尖叫着从四翅兽庞大的躯干下挣脱出来，才发现这头猛兽已经没了呼吸。有人救了他？岚挣扎着爬起身，突然看到面前站着一个奇怪的生物。那生物像是穿着蓝色连体衣，脑袋圆圆的，没有脸，只有两对附肢，不像岚那样有四对。而且只用两条后肢支撑身体站立，一条前肢空着，另一条前肢里还抓着一个怪模怪样的东西。

从天而降，难道这种奇怪的生物就是星神？不过，怎么看上去和星神的塑像完全没有相似之处？星神的雕像建在石山上，岚没有去过石山，只是听妈妈说起过：星神的外观和大家差不多，有两对前肢和两对下肢，但是非常的高大神圣。

眼前这种生物前所未见，岚看呆了，一时竟然忘记了害怕。

许久，那生物收起前肢中抓着的东西，又抬起前肢在自己脑袋上按了按。罩在她脑袋上的圆球向后掀起收拢，一张脸孔出现在岚的面前。

那生物像是雌性，看上去很纤弱，很漂亮。在她的背后，巨型鸟蛋上打开了一个圆圆的洞口，看来这个奇怪生物就是从大鸟蛋里面钻出来的。

对方向岚微微点头，嘴巴里还发出了一种奇怪的声音。岚不明白她的意思，只有傻乎乎地站着。

那生物似乎明白岚听不懂她的话，她从腰间摸出一个圆圆的小薄片，递到岚面前。岚警觉地退开两步，随即又大着胆子迎上前去。对方没有恶意，岚没有嗅到危险的气息。

那生物用前肢拈起薄片，示意岚贴在脑袋上。岚犹豫一会儿，终于接过那枚薄片，笨手笨脚地贴在自己脑门上。

脑门凉丝丝的，很舒服。那生物再次抬起前肢，在空气中对着岚指指点点。随着她的动作，岚感觉脑门酥酥麻麻，好像一缕又一缕细线透过那枚薄片钻进了他的脑袋里。岚害怕起来，伸手想要把薄片揭掉，却又发现薄片牢牢地黏在了他脑门上，怎么都揭不下来。

“哇哇哇，这是什么？”

“不用怕，我没有恶意。这叫智能解析仪，通过它，我很快就能掌握你们的语言。”那生物又开口了。岚猛然停下动作，他发觉自己听懂了对方的话。

“你是神吗？”岚满怀敬畏地看着对方。

那生物咧开嘴，似乎在笑，“不，我不是神，我是人，来自一个遥远的世界。”

“人？”

对方微笑点头：“对，我是9156号星际考察员萧琳。”

“星际考察员？”岚拼命眨着眼，感觉非常奇怪，“人怎么能飞在天上？”

“我们有飞船。”萧琳回身指指那枚大鸟蛋，“它能够帮助我们飞上天空，穿越星海。”

“飞船？”岚困惑地看着那枚大鸟蛋。他能听懂萧琳的话，却完全不明白对方是什么意思。他唯一明白的一点是：萧琳是人，而不是神。

萧琳上下打量着岚，忽然说：“你是不是很饿？要不要吃点东西？”

“好啊，好啊！”岚不住点头。

萧琳笑眯眯地看着岚。她从飞船里拿出了很多好吃的东西，岚不知道那些是什么，只知道它们很美味，他从未吃过这么可口的食物。

吞下最后一口食物，岚抬起头看着萧琳：“星际考察员是什么？”

“星际考察员就是……”萧琳似乎有点犯难，犹豫片刻，才说：“星际考察员就是专门从事在星球间飞来飞去那种工作的人。比方说，考察哪一颗星球适合居住，哪一颗不适合居住，哪一颗星球上已经有了原住民，等等。”

岚似懂非懂地点着头，思索一会，突然说：“我明白了，你不是神，你是星神的使者！”

萧琳摇着头笑了：“这个世界上根本就没有神。”

“怎么会没有？”岚很不服气，“大家都说有！妈妈说有，长老们说有，领主大人也说有！”

岚把两对前肢全部指向天空：“看到了吗？那是焰星，星神的宫殿，神就住在那里！”

萧琳抬起头望向天空，片刻后，又收回目光，笑着说：“那只是一颗普普通通的气态行星，像你我这样的碳基生命是没法在那种星球上生存的。”

岚不明白什么叫作“气态行星”，更不明白什么叫“碳基生命”。他热切地盯着萧琳：“神的使者，你能帮助我们吗？”

“帮助你们？”

“对，对！我们需要帮助！”岚拼命点头，“领主大人征收了好多贡品要献给神，你能不能告诉神，让神不要收那么多贡品？村子里的食物都被征收光了，大家都在饿肚子！”

等到岚说完领主征收贡品的情况，萧琳的表情变得严肃起来。她认真地思索一会，点头说：“我没法把这个请求转告给神，不过我可以转告你们的领主大人。”

领主大人？岚有点畏缩，但很快又高兴起来。领主大人是很可怕，不过眼前这位叫作萧琳的人是星神的使者，领主应该不敢违抗她的命令。

萧琳跟随岚赶到村落时，已经是深夜了。岚的母亲早已回到家里，正在焦急地寻找自己的孩子，当她看到一个奇怪的生物跟随儿子钻进洞口，顿时吓得呆住了。岚反复告诉妈妈：萧琳来自星空，是星神的使者，特地来帮助大家，岚的母亲才慢慢镇定下来。

没多久，星神使者到来的消息就传遍了整个村落。全村的男女老幼都非常激动，争相赶来，把岚的家挤得水泄不通。岚和妈妈只好把萧琳请到地面上去，让村民们都能目睹星神使者的风采。

萧琳在岚家里休息了一天，其间向很多村民询问了关于领主大人的事情。岚很少听大人们谈论领主，私下议论星神的代言人是很严重的罪行。但在星神使者的面前，村民们完全没了顾虑，纷纷指责领主大人不断增加贡品，对大家都在饿肚子的事却毫不关心。而且，别的村庄也一样，几乎所有人都在饿肚子，除了领主大人和他的部下。萧琳认真听取了每一位村民的意见，最后表示：她会帮助大家，请村民们不要担心。

萧琳的回答得到了大家的热烈欢呼。长老们商议之后，决定先派人去通知其他各个村落，并通知领主星神使者的到来，然后再由萧琳率领全体村民赶往领主大人的家中。

第三天清晨，在萧琳的带领下，全体村民一起出发，浩浩荡荡地向石山赶去。

岚跑在队伍的最前面，看着萧琳纤弱的身体，不禁有点担心。领主大人拥有足足300名全副武装的卫兵，他如果不承认萧琳是神的使者怎么办？

再看看萧琳清澈的双眼，岚又渐渐放下心来。他亲眼看到萧琳乘坐飞船从天而降，而且萧琳用那种奇怪的武器只一下就打倒了狂暴的四翅兽，没有人拥有这样的力量，毫无疑问，萧琳就是神的使者！

正午时分，大家终于赶到了石山之下。领主大人显然已经收到了星神使者光临的消息，特地派遣两名卫兵在山下负责迎接。

岚抬头望着气势雄伟的山峰。领主大人就居住在石山最高峰，据说那里距离焰星最近，领主可以随时聆听星神的旨意。

村民们爬到山顶，跟随卫兵走进了一个大广场。广场周围竖满石柱，每一根石柱下都站着两名手执长矛、身披铁甲的卫兵。卫兵们对村民不屑一顾，纷纷用满怀好奇的眼光打量着萧琳。

广场尽头耸立着一座高大宽阔的石台，前方整整齐齐地站着10名佩刀侍卫。雄伟的星神像就建在石台上，石像采用最上等的白石雕塑而成，足有20多个成年人那么高，象征了星神至高无上的威严。

肥肥胖胖的领主大人就端坐在神像下方，还有两名身材高大、手执长柄铁矛的侍卫分别站在他左右。领主大人身穿镶满饰品的长袍，既华丽又高贵，显得气派十足。他低头俯视着站在村民们前面的萧琳，与他庞大的身躯相比，萧琳显得更加瘦小纤弱。

“就是你，自称是星神的使者？”领主大人开口了，语气里带着说不出的轻蔑。

萧琳抬头看着高高在上的领主，微笑着说：“就是你，自称代替星神向大家征收贡品？”

“胡说！”领主大人似乎非常生气，突然站起身来，咆哮道，“征收贡品是星神的旨意，你是什么人？竟然胆敢质疑伟大的星神？”

“神的旨意？还是你自己的旨意？”萧琳毫不示弱，冷冷地看着领主。

领主更生气了，再次咆哮道：“当然是神的旨意！”

萧琳追问道："那么，你可以召唤星神，当着所有人的面证实你说的话吗？"

"放肆！"领主抬起前肢指着萧琳，"伟大的星神高贵庄严，不可能在贱民面前现身！你这种卑贱的生物竟然胆敢冒充神的使者，这是对星神的亵渎！来人，把她给我抓起来！"

接到命令，石台前方的佩刀侍卫快步上前，要捉拿萧琳。村民们都有些害怕，纷纷向后退开。萧琳倒是一点也不胆怯，昂首挺胸站在原地。几名侍卫走到萧琳身边，伸手想把她按住，但是奇怪的事情发生了，侍卫们的前肢怎么都碰不到萧琳，仿佛他们的前肢和萧琳的身体中间隔着一层透明的铠甲。

侍卫们非常奇怪，争相上前想把萧琳抓住，但无论他们怎么努力，就是碰不到萧琳的身体。

看到这种情况，领主大人似乎也非常奇怪，发了一会呆，才再次咆哮道："杀了她！杀了这个亵渎神灵的家伙！"

几名侍卫拔出佩刀，高高举起。萧琳面带笑容站在原地，一动也不动。

岚最担心的事情还是要发生了！岚冲动地跳起身，想跑过去保护萧琳。但是萧琳拦住了他，并安慰岚说："放心，他们伤害不了我。"

"来吧。"萧琳转向那些侍卫，微笑着说。几名侍卫互相看看，同时挥舞铁刀向她的脑袋砍去。

岚被吓坏了，连忙抬起前肢捂住眼睛，不敢再看下去。许久许久，耳边并没有惨叫声响起，岚放下前肢抬头一看，才发现萧琳仍然活生生地站着，全身上下没有半点伤痕。那些侍卫们握着铁刀，嘴巴都张得老大，满脸的难以置信。

再看看石台上，领主大人嘴巴张得更大，也是一副目瞪口呆的模样。显然，他也从来没有见过刀枪不入的人。

整个广场一片寂静。过了很久，领主回头看着身边那两名端着铁矛的侍卫，声嘶力竭地叫道："投矛，投矛，杀了她！"

侍卫应声投出铁矛，两柄沉重的铁矛划破空气，呼啸着飞向萧琳胸口。岚看在眼里，情不自禁地发出了一声惊叫。

铁矛飞到萧琳胸前，就在即将穿过她纤弱的身体时，却突然固定在了空中。长长的矛柄微微弯曲，在空气中轻轻颤抖。眼前的奇景让岚目瞪口呆，他也和别的人一样张大了嘴巴。

萧琳看看周围的侍卫，又抬头看着石台上的领主："你现在相信我是神的使者了吗？"

领主身边的侍卫吓得逃下了石台，领主大人后退几步，一屁股坐进座椅里，但他很快又跳起身来，挥舞着前肢叫道："我不相信，你不可能是神的使者！除非……除非你能召唤出伟大的星神！"

萧琳上前几步，悬浮在空中的两柄铁矛先后跌落在地。周围的侍卫们脸上满是恐惧，不由自主地远远退开。萧琳抬起前肢，数不清的七彩光芒从她指端向上升起。光芒在空中交会凝聚，不多久，空中就出现了一座巨大的神像，比石台上的神像还要高大威武。

村民和卫兵们都吓呆了。村民们一个个跪倒在地，向空中的神像膜拜。卫兵们犹豫了一会儿，也先后跪倒。

萧琳迈步向石台走去。她每上前一步，领主大人就后退一步，等到萧琳走到石台上时，领主已经缩在了座椅里，浑身上下瑟瑟发抖。

以往高高在上的领主大人像是变成了一只可怜巴巴的斑皮鼠，完全没有了任何尊严。

萧琳伸手指向领主，也不知道她用了什么法术，领主大人突然扑通跪倒，高声说：“我认罪，我认罪，我欺骗了大家。我从来没有得到过星神的指示，向大家征收贡品，只是为了满足我自己！”

“大家都听到了吗？”萧琳回身看着石台下方的村民，庄重地说，“星神从来没有征收过任何贡品，以前没有，以后也不会有！”

广场中沉默片刻，才爆发出了一阵热烈的欢呼。

当天夜里，村民们在石山举办了一场盛大的宴会，庆祝神的使者战胜领主，替大家免除交纳贡品的负担。远方的村落也有不少人赶来参加宴会，并向神的使者表示感谢。

宴会一直持续到凌晨，每个人都很开心。但是，神的使者在宴会上说了一句让大家都很费解的话，她说世界上根本就没有神。

所有人都不明白，除了岚。萧琳告诉岚，她所做的一切都是利用了人类的科学技术：打倒四翅兽的技术，叫作聚能光束；抵挡侍卫的技术，叫作能量护盾；在空中造出神像的技术，则叫作三维立体显像。这些技术都是地球人类研究出来的，和神没有半点关系。

萧琳还说这颗星球的科技水平非常落后，和地球人类相差太远，村民们无法理解她的所作所为。不过，总有一天，这颗星球也能发展出属于自己的文明和科技。

岚希望萧琳能留下来，但萧琳微笑着摇了摇头，她还有很多工作，明天她就要再次飞向星海。

第二天夜里，萧琳离开了。

岚望着夜空，焰星只在地平线上露出了一小半，黯淡无光。在岚的眼里，焰星已经没有了往日的神圣和庄严，现在岚明白星海中的星星多到数不清，焰星不过是其中普普通通的一员，而且，世界上根本就没有神。

天幕中繁星密布，比以往要明亮许多倍。萧琳的飞船已经融入星空，变成了那无数亮点中的一个。

岚在心中默默地告诉自己，总有一天，这颗星球也会研究出和人类一样先进的科学技术，总有一天，他也要像人类那样驾驶飞船，飞向遥远的星海之间。

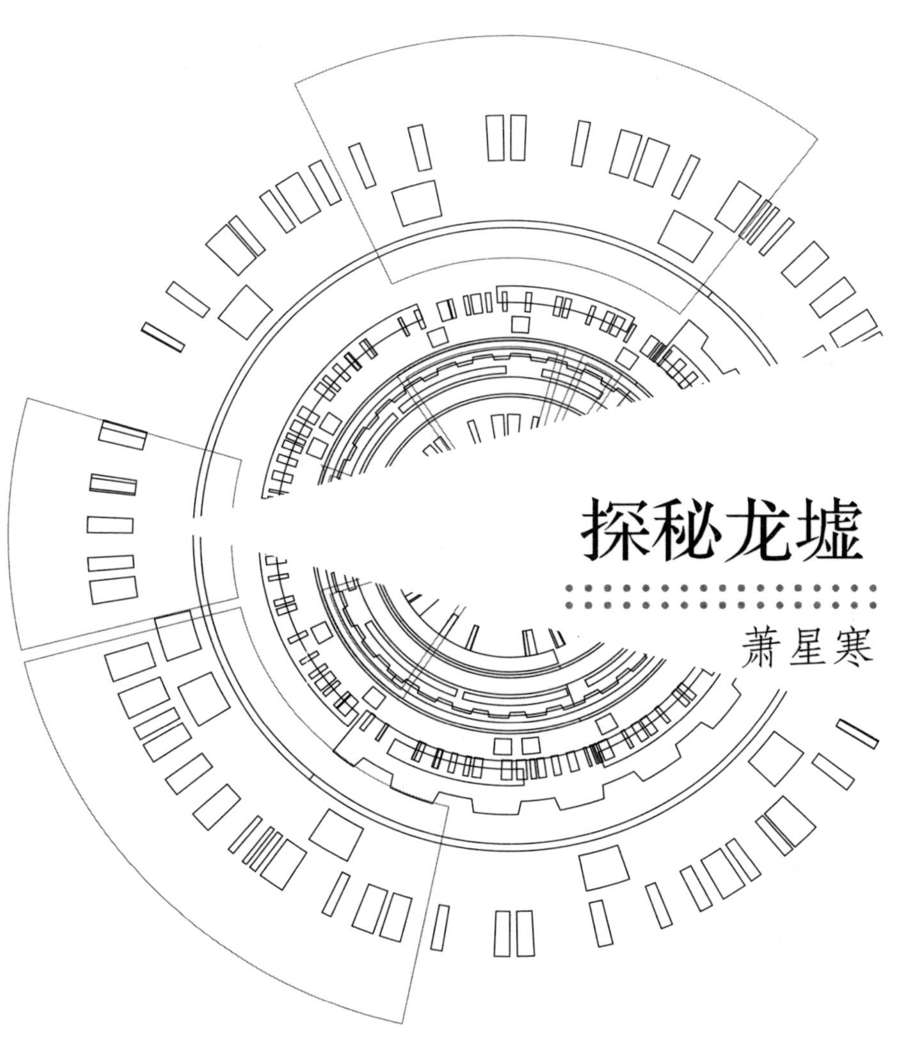

探秘龙墟

萧星寒

还在着陆器上，透过厚实的舷窗，我们就看见龙墟了。

在一望无际的白色冰原上，耸立着一条笔直而细长的黑色山脊，左边是平坦的冰原，右边是平坦的冰原，正中间，非常突兀地耸立着那道山脊。一端顺滑地没入冰原之下，而另一端，可以看作山脊的头，因为那里比别处高出很长一截，还有两只犄角的造型。整个山脊，看上去就像是冰原之下游动着一条尘世巨龙，露出地表的，是它蜿蜒的脊背。

“那就是龙墟。”组长赫连科说。

龙墟。我琢磨着这个名字，从第一次知道它是我这次“魔镜”科学考察的对象后，我就开始琢磨，但没有任何结果。在这个距离太阳系3000光年的恒星系里有五颗行星，从内往外分别被叫作小红帽、金球、莴苣、魔镜和水晶鞋，名字全部来自格林童话。我总觉得这种命名方式暗藏着一种深深的幽默感，但也可能只是童心的具体体现。

在母船的分组培训会上，赫连科组长给我们看了龙墟的一小段视频，然后告诉我们：“行星魔镜比地球大，表面的80%是海洋，有较大的四块陆地，我们42号小组要去的是枫叶大陆。之所以叫这么个名字，是因为它的轮廓看起来像地球上一种植物的叶片。”

我仔细看了看，有七分像。另外三块大陆分别被叫作恐龙、天狗和呼喊——第一批探险家们给新世界命名的方式就是这么简单而粗暴。

“龙墟位于枫叶大陆最北端，靠近北极，一个介于海陆之间的半岛上。根据上一个科学考察队的初步勘测结果，它的地面部分长30千米，高500米。”组长赫连科继续说，“地下部分是地面的五倍。换句话说，这玩意儿不是自然的产物。”

我至今记得当时赫连科嘴角那抹奇怪的笑意。

驾驶员张捷操纵着陆器在一处平坦的地方降落。这里的冰原远看平坦无垠，如镜面一般闪闪发亮，真正靠近，你才会发现它也是有高低起伏的。

有一些颠簸，着陆器还是成功降落了。组长、我、黄明和赵晓倩四个人穿上厚厚的藏红色环境服，跳出着陆器，置身于魔镜的空气里。这里的引力比地球低，开始走的时候，脚步有点儿飘，多走几步，就适应了。毕竟我们都是接受过外星考察训练的人。

张捷留守着陆器。“你要做好随时起飞的准备。”赫组长说。

然后赫组长在通信系统里下令我们往龙墟那边走，去进行第一次实地考察。“艾星雨，开始记录了。”组长说。我依言打开背囊的盖子，把团子放了出来。团子舒展了一下四肢，翻过我的肩膀，蹲到我的左手臂上。

“好冷啊！零下35℃！”团子缩着脖子，“幸好没有风。有风更冷。”

“你是西伯利亚森林猫，装什么怕冷？”我眺望四周，大地一片银白，而天空呈现出略显奇怪的绯红，在很高的地方飘着几片迅速变动的灰云，“少废话，工作了。”

团子微微叹了一口气，展开在真实状态下肯定不会有的一对小翅膀，扑扇几下，飞到了半空。我与团子链接在一起，再调出16个视网膜显示屏，它显示的内容就与团子的16只不同光谱的探测器所看到的一致了。确定一切正常后，我把其他显示屏隐藏起来，只剩下主视频，随即向组长打了一个确认的手势。组长立刻进入了领导模式，开始了千篇一律的训话：

“对人类科考队而言，魔镜是一个全新的世界。上一次考察，探险家们收获满满。同时也必须注意到，在探险的过程中，他们犯下了无数的错误，有一些错误是致命的。我要求你们每一个人都展现出科考队的专业精神来。”

接下来，赫组长就喋喋不休地强调：任何时候都不要脱下环境服；任何时候都不要关闭通信器；不要因为任何原因擅自离开队伍……

赵晓倩扭过身子，隔着玻璃面罩冲我挤挤眼睛，那意思很明显：谁敢在这个时候说话，等着他的就是更多的喋喋不休。

“总之，不要用你在地球上学到的经验套用到魔镜，尤其是龙墟。”赫连科说，“我告诉你们，第一批探险者在龙墟发现了一些非常奇怪的事情。”

“他们发现了什么？”赵晓倩问，“龙吗？”

“也许吧。”赫连科脸上闪过一丝莫名的笑容，“现在谁也不知道里面有什么。说不定真有龙啊。”

我不喜欢赫组长的这个回答。因为这意味着他知道一些我们不知道的事情，却不愿意和我们分享。透过面罩，我看着越来越近的龙墟，看到越来越多的细节。它黝黑、冷峻、神秘，表面棱角分明，明显可以看到鳞片一样的结构。从地面仰望，那头部高昂的犄角和硕大的眼球更加形象。它就像潜藏在冰原下的一条巨龙，随时可能破冰而出，飞向九霄云外。

赵晓倩突然前冲几步，把手往前一指：“瞧我发现了什么？”

那是一个几米见方的窟窿。周围都结着冰，不知道为什么，就这窟窿没有，水面平静得像一面镜子。“在地球的两极地区，这样的冰窟窿是供海象或者别的海洋哺乳动物进出和呼吸的。”赵晓倩说。

“团子发出警告，让我们退后几步。”我说。

赵晓倩非常兴奋。这可以理解，因为她是行星生物学家，她马上就可以亲眼见到第一种外星生物了。我们退后10米。随后，窟窿里水波涌动，一只生物的腕足伸出来，按住边缘，将自己的整个身子从水里拖出来。它的样子很像地球上的章鱼，有8只带着吸盘的腕足，只是疙疙瘩瘩的皮肤呈现出冰一样的颜色。上一个探险队将它命名为章鱼大王，对它们的描述只有几句话：辐射状章鱼形态；可以变色和改变形状，但不能进行完全拟态；智力水平低下。最大的章鱼大王有6米长。

又有更多的章鱼大王钻出冰窟窿，足有20只之多。它们排着一条直线，依靠两条长长的腕足在冰面上直立行走。

“看它们的嘴。”赵晓倩提醒。

我已经看到了。在章鱼大王的嘴边，用一只腕足捧着一个半透明袋子，里边装着某种液体。团子把分析结果发给我，我又把它分享给所有组员。“袋子里装的是水。”我介绍说，“相当于章鱼大王们在陆地上行动时的氧气瓶。”

“跟上它们，看它们要干什么。”赫连科命令。

这时，前头领路的章鱼大王突然停了下来。它身后的章鱼大王分成两队，越过它，又在前面不远处会合，队伍就从直线变成了圆形。它们抬起两条腕足相互拍打，发出冰块在高脚杯里滚动的声音。又举起另外两条腕足，一左一右，与旁边的章鱼大王相互拍打，发出冰刀滑过冰面的声音。两种声音交替出现，连同眼前的画面，显得非常诡异。

“它们在干吗？”黄明问。

“像是一种仪式。”赵晓倩回答。

“就是仪式。”赫连科说，“献给龙墟的仪式。”

这意味着什么？我来不及细想，章鱼大王们的歌舞已经结束。它们又排着一条直线，向着龙墟的方向走去。组长领头，我们4个跟在章鱼大王的队伍后边，一直走到龙墟底下。

在这里，可以清楚地看到龙墟与冰面的交界处，黑与白，如此鲜明。我让团子分析龙墟的成分，给出的答案很奇怪：含碳量高得离谱，而钛和铬的含量也超出常规，还有12%的物质无法识别。

在龙墟与冰层交界的地方，不知何时出现了一个羚羊角一般的裂缝。章鱼大王们一个个鱼贯而入，消失在洞口。

赫连科说：“我们进去。”

黄明有些害怕：“不向母船请示一下？”

“有200多个科考小组在魔镜活动，母船管得过来吗？”赫连科回答，“再说了，这里不是有组长我嘛。出了事，由我担着。”

赵晓倩已经走到裂缝边，探头往里望：“章鱼大王们不见了呢。”说着，她钻进了裂缝。我连忙喊：“让团子先进去！”但她充耳不闻，消失在裂缝另一边。我只好跟着进去。

穿过厚达两米的裂缝，里边豁然开朗，景象与外边大相径庭。这里仿佛是一处哥特教堂的走廊，内空窄而高，到处散发着幽蓝的光。地板镶嵌着防滑的凹凸图案，左右两边都装饰着画风诡异、一时难以分辨内容的壁画，弧形的天花板上，肋骨一般的横梁密布，将左右两边连接。

“果然不是自然的产物。”身后传来赫连科的声音。他匆匆越过我，四处游走，用不同姿势和角度端详眼前的景象。他伸出手去触摸那些壁画，又用力敲击，想看看那些壁画是否坚固。“挺硬的。这壁画得有数千年历史吧。”他说，“到底画的什么？”

“赵晓倩呢？”黄明也进来了。

我正在犹豫要不要提醒组长违反了考察守则，听黄明问起，急忙去看赵晓倩，却没有看到她。“她刚刚还在那儿呢！”我急忙在通信系统里呼叫赵晓倩，却没有听到她的回答。我心中微微一凛，幸而后台显示器上，赵晓倩的生命信号还在。“团子，去找！”我命令道。

团子一边答应，一边玩了一把酷的：将两颗黧黑的眼珠弹出眼眶，悬浮在空中，然后，两颗眼珠一左一右，以极快的速度消失在走廊尽头。这两颗眼珠实际上是团子的遥控探测器。它们携带着多个波段的扫描仪，在飞行的过程中，会扫描所“看”到的一切事物。

不久，我就收到了来自团子眼珠的扫描结果。

这个结果包括龙墟内部的解剖结构、物质组成、危险程度，还有赵晓倩。她在左边走廊尽头的一个巨大的空间里。

不得不承认，龙墟内部的解剖结构让见多识广的我也惊讶了。太复杂了，复杂得仿佛专门用来让人迷路的。我不由得想：龙墟到底是什么？迷宫吗？它不是自然的造物，又是谁建造的？

但现在不是琢磨这事儿的时候。我把龙墟解剖结构的立体图案发送给组里的人，又特别标注了赵晓倩的位置。

“你们先去找赵晓倩。”组长说，“我在这儿再看看这些壁画。太美了。”

壁画太美？我有点儿怀疑组长的审美。在我眼里，那些壁画就是一些奇怪的线条，潦草而凌乱地交织在一起，有的地方非常密集，旁边又有一大片莫名的空白。这也能叫美？

黄明招呼我跑向赵晓倩所在的方向，我也跟着跑。这一跑不打紧，我感觉周围的一切，从地板到墙壁到天花板都“活”过来了。

就像是打水漂，小石子在原本平静的水面上掠过，刚一接触水面又跳到空中，如此反复，由此形成的涟漪在水面一个个荡漾开来，一圈一圈，非常精美。等涟漪的边缘彼此接触，波纹相互干扰，水面的复杂程度增加了数百倍……

“你有没有注意到？”黄明对我说。

“注意到什么？”我心思有些恍惚。

“我们仿佛走在鲸鱼的化石骨架里。”黄明抬手指了指头顶。

我抬眼看了看天花板上弯曲的横梁，确实很像鲸鱼的肋骨。我正要说话，一段幻象忽然闯进我的脑海。那些肋骨摇了一摇，有血管和肌肉在上面滋生，迅速填满肋骨与肋骨之间的空隙，仿佛下一秒，它们就会活过来，把我和黄明消化掉……

不对，这不对。我不由自主地打了一个寒战。这地方不对，它似乎有一种不可思议的魔力，能够制造幻象，干扰我们的精神。我向团子招招手，命令它收回眼珠，保持在距离我五米的距离，监控我身边的一切，向我报告一切异常的现象。

“我也是有眼有珠的猫呢。”团子说。

“有异常现象吗？”我问。

“没有。所有数据正常。”团子回答，“即使有所偏离也在可以理解的范围。比如，你的心跳，超过正常值10%。但在一个完全陌生的环境里，这样的偏离是正常的。”

“蠢货。”我骂道。

团子说：“魔镜魔镜，请你告诉我，在这世界上，最聪明的人是谁？”

“反正不会是你这只西伯利亚森林猫的生化仿制品。”我没好气地回答。

黄明在前面喃喃着说了一句什么，我没有听清楚，问他。他缩着脖子道：“坟墓。我觉得这里是巨型坟墓，就像埃及金字塔。我们还没有死，就被埋进来了。”

这个时候，我们已经跑到了走廊尽头。穿过一扇折叠门，我们来到一座椭圆形的大厅。这大厅至少能容纳2000人同时吃饭，整体颜色从幽蓝变成了冰蓝，就像所有的东西都覆盖上一层薄薄的冰。地板上立着13根大柱子，和四周的墙壁一样，散布着一些奇奇怪怪的小雕塑，而高高的穹顶上，依然密布着鲸鱼肋骨似的横梁。

赵晓倩在一根大柱子旁边，听见我们的脚步声，她回头做了一个噤声的手势。我和黄明蹑手蹑脚走到她身边，顺着她手指的方向看去。

“什么都没有啊？”黄明问。

“仔细看，那里。”

我也什么都没有看到。团子冷哼了一声，把对象的轮廓在显示器上标识出来。

“一堆骨头？”黄明纳闷地说。

我也看见了，数千根长长短短的东西散落在地板上，也堆积在墙角和柱子旁边。因为它们的颜色与周围一样，所以很难从背景中分离出来。它们的形状差异巨大，团子分析出了至少100种基本模式。

“就是骨头。”赵晓倩说，“你们都不看考察报告的吗？还有，那边，你们都看不见吗？”

这一次，不用团子帮忙，我也看见了。在大柱子与大柱子之间的地板上，密布着一团团冰蓝色果冻一样的东西，有上千只。要不是他们微微蠕动着，很难把他们跟生命联系起来。弱智布丁——科考报告上就是这么称呼他们的——这种魔镜生物的外形仿佛随时会融化的布丁，他们可以根据需要改造自己的形态。章鱼大王只能改变颜色和少部分形状，因为缺乏内部骨骼支撑，章鱼大王很难完全变成他们所要模拟的对象，模拟总处在似是而非之间的滑稽状态，并且很难长期保持。而弱智布丁有自己的拿手本领。他们能够根据需要，用自己的细胞构造出骨骼，将身体支撑起来。但在下一次变形的时候，这些已经成形的骨骼很难更换，又成了负担，于是他们将这些骨骼“排出”体外。

那么，这里就是弱智布丁集体“排出”骨骼的场所？

“看那个弱智布丁。”

赵晓倩指的那只弱智布丁的身体向内收缩，至少比先前小了两个型号。一幅完整的骨架凸出到身体表面，并保持了固定的状态，用地球的眼光看，好像变了形的袋鼠骨架。随后没了骨头的弱智布丁掉落到地板上，慢慢蠕动着，看上去极为诡异。

“弱智布丁变形的过程相当神奇，然而由于变形不会一蹴而就，需要一段不短的时间，而且，在身体重构的过程中，他们非常脆弱。”

赵晓倩说，“所以，他们需要这样一个安全的场所来集体进行。这样的话，龙墟就是他们的城市。”

“你的意思是龙墟是弱智布丁建造的？”

“不，我没有这样说。龙墟肯定不是弱智布丁建造的，他们只是借用了龙墟。龙墟的建造者，另有其人。”

“我就说嘛，以弱智布丁的智力水平，不可能建造出这种水平的城市。”黄明说，“是布丁人建造的吧？”

“布丁人确实比章鱼大王和弱智布丁聪明，但也聪明不了多少。上一次的考察报告里写到了布丁人的城市，散布在魔镜的四个大陆的上。”我说出了自己的想法，“实际上很难将其称为城市，多数都是些规模不大的村落，修在海洋和陆地之间，有很多鼹鼠洞一样的地下通道。我觉得更像是布丁人从海洋到陆地，或者从陆地回到海洋的过渡场所。”

“所以，龙墟也不可能是布丁人建造的。”赵晓倩说。

弱智布丁们忽然骚动起来，似乎是受到了什么惊吓。有的从身体里伸出伪足，像在海底用腕足“行走”的章鱼那样奔跑；有的先把身体缩成一团，又快速摊开，像在枝条上一伸一缩躲避敌害的尺蠖那样移动；有的紧紧团成一个球形，试图在地板上滚动起来，却因为硬度不够，而无助地在原地打转；还有的骨架还没有排干净，骚动一开始，它们加快了进度，却还是被狼奔豕突的同伴给淹没了。

“发生了什么事情？”

“我不知道！”

“好像是冲我们这边来的！”

“不是好像！是事实！”

“快跑！”

我们七嘴八舌地边说边反身就跑，跑向刚才出来的走廊。但弱智布丁的速度更快。他们争先恐后，速度快得惊人，眨眼之间就追上了我们。团子发出了凄厉的警告，可惜毫无用处。在视网膜显示器上，我看到他们相互推挤着，相互碾压着，排山倒海一般涌过来。在我的惊呼声里，他们越过了我和赵晓倩，又绊倒了黄明，从他身上跳过，一窝蜂地冲进了窄而高的走廊。

“啊啊啊，我要死了。”黄明尖叫道。

“你的所有数据正常。”我把黄明从地上拉起来，说，“即使有所偏离也在可以理解的范围。”

“主人，你抄袭团子。”

“我是你主人，你的就是我的。”

团子龇着牙闷闷不乐地说：“一点儿原创精神都没有。”

我说：“少废话，开始工作。”

黄明问：“你们俩都没事儿。他们为什么只袭击我一个人啊？”

赵晓倩指出：“你跑得太快，挡着他们逃跑的路了。”

黄明不由得翻了个白眼。

团子报告了最新的扫描结果，整个大厅已经没有一只弱智布丁。短短的几分钟时间里，1000多只弱智布丁逃了个干干净净，如同风卷残云。我不禁想：他们到底在害怕什么？我让团子扩大搜索范围，但返回来的结果依然是没有异常。对此，我很疑惑，却没有什么可以解释我的疑惑。

赵晓倩说：“他们，不光是他们，是魔镜上的所有生物，都让我想起了地球历史上的埃迪卡拉生物群。他们生活在比寒武纪还早的埃迪卡拉纪，6亿年前。那时，多细胞生物处于极其原始的初期，别说动物和植物，连各种器官都没有完全演化出来。我觉得，假如埃迪卡拉生物群没有灭绝，后世就会长成魔镜生物。”

“你这是用地球上的经验来套魔镜。”黄明说。

“也是，我知道这样想不对。”赵晓倩解释，“但就是忍不住这样想。”

在一个完全陌生的环境里，用已知的东西去解释，不失为一种缓解压力的方法。我正要说话，组长赫连科就在通信系统里发布命令：“快过来，瞧我发现了什么奇迹！”

组长发来坐标，正好是大厅对面的另一条走廊。我们三个循着路线导航过去，走了七八分钟，出了走廊，七弯八拐，走过一扇特别复杂的门，就到了组长所在的地方。

组长站在一大堆稀奇古怪的仪器中间，冲我们笑，把“瞧我发现了什么奇迹”的话又重复了一遍。然后他像一个三岁的小孩炫耀自己的玩具一样，给我们介绍：这里是操作台，那里是驾驶舱，这里是指挥椅，那里是火控中心。“换而言之，这里是龙墟的总指挥部。”最关键的是外边，透过巨大的落地舷窗，可以看到四根山丘一样巨大的管状物。

“看出来了吗？”组长眉开眼笑地说，“我们现在看见的，是四台巨型重聚变发动机，每一台都比我们的母船——泰坦二号恒星际宇宙飞船还要大。我刚才查过了，龙墟有四组16台重聚变发动机。”

“也就是说，龙墟不是修建在地下的城市，”我目瞪口呆，“而是布丁文明建造的超级恒星际宇宙飞船！”

我看着周围的一切，试图想象它全盛时的情形，想象无数布丁人在四周活动的场景。多么壮丽，多么宏大，多么辉煌啊！

“不对，不对。”黄明连声反对，“瞧这飞船的规模，还有这些机器，这些非同一般的装饰品，能是布丁文明制造出来的吗？我觉得，龙墟和我们一样，是外来的，另外一颗星球上的文明。甚至……甚至魔镜上的这三种智慧生物，其实是他们制造出来的。”

“这也不是完全不可能。”赵晓倩陷入沉思，“说起来我一直有一个疑惑，拟态这种现象也不稀罕。在地球上，有很多生物擅长这事儿。比如有一种拟态章鱼，可以任意改变颜色和形状，可模拟多种环境和包括比目鱼、狮子鱼、海蛇在内的其他海洋生物。拟态的目的，要么是欺骗敌害，要么是隐藏自己，总之都很有用。章鱼大王、弱智布丁、布丁人的拟态又复杂又危险，然而，有什么大用呢？如果说，他们是实验的产物，似乎说得过去啊！”

“不，不需要外星文明也能解释这件事。自然演化能够塑造出最为神奇的生物。”组长的脸上依然保持着笑容，隔着玻璃面罩也能感受到他莫名的兴奋，“我带你们去看另外一个地方。”

组长前头带路，穿过两条走廊，又往上走了两层，又毫不犹豫地穿过两道拱门和一道闸机一样的装置。组长对路的熟悉程度，让我有几分疑惑，但我想多半是我们在看弱智布丁“排出”骨骼的时候，他已经到过那里了。

最后我们到了一个大厅，建筑格局和先前的大厅一模一样。不同的是，在13根大柱子之间，摆满了数千座大小不一的冰雕，“喏，布丁人的博物馆。”组长大手一挥，俨然是主人一般，“随便看。”

所有的冰雕都以布丁人为主角，表现了布丁人生活的方方面面。我率先进入冰雕群里：“都记录下来，团子。我们这是在见证布丁人的一切啊。”

说他们是布丁人，其实只是一种人类中心主义思想在作怪，认为所有星球上最高等的智慧生命都应该是“人”。事实上，布丁人跟地球人在任何地方都大相径庭。他们的原始状态就像多个角的海星，亮白的皮肤下包裹着紫色的半流质身体。他们的拟态能力是章鱼大王和弱智布丁的数百倍，能以肉眼可见的速度变形成为他们接触过的生命。我看见好几座冰雕表现的就是布丁人的快速变形能力，从每一个细节上，我都能感受到他们的骄傲。

“团子，测一测冰雕的雕刻年代。”

“3200个地球年前，或者400个魔镜年前。正负50年。”

那边黄明叫了起来：“这座冰雕表现的是什么？繁殖吗？”

“不是。”赵晓倩在另外一边的冰雕停下，“那是布丁人在交流信息。”

赵晓倩在通信系统里分享了一份资料：布丁人没有眼睛，也没有嘴巴和耳朵。布丁人与布丁人之间依靠电磁波联系，虽然信号并不像想象中的那样可以跨越千里，但也足以使方圆数十千米的布丁人能够彼此联系，交流较为复杂的消息。当需要快速交换保密信息时，布丁人会把部分身体延伸为细长的触手，与其他布丁人直接“连线”，互传信息。

“啊，神奇！”黄明感叹道，“不知道为什么，我就是觉得，我们对这里了解得越多，对它的理解越深，它对我们就越陌生。”

我往前走几步，一个问题突然跳进了我的脑子。这些数量众多的冰雕里，没有章鱼大王，也没有弱智布丁。照说，这两者也有一定程度的智慧，应该在布丁人的生活中占有一席之地啊。“赵晓倩，一颗星球上

是不是只能有一种智慧生物？或者说，在智慧这个生态位上，只能有一个物种？”

“没有这样的规律。我知道你为什么这么问。”赵晓倩回答，然后接着解释，“魔镜上同时存在三种智慧生物，看上去不合理，实际上也不是什么难以理解的事情。在地球上，人类的表亲至少有倭黑猩猩、黑猩猩、大猩猩、猩猩四种。我们和这些大猿有共同的祖先，属于同一演化树上的不同枝条。因为走上了不同的演化之路，分化为不同的物种，彼此之间的隔离已经很深了。只有最不懂演化论的人才会说人是猴子变的。所以，我得收回先前的话。看到这些冰雕，我知道了，无须外星智慧生物的帮助，魔镜也能自行孕育出智慧生物来。”

“我明白了。”我点点头，一边走一边说，“就和地球上的大猿一样，章鱼大王、弱智布丁、布丁人，也有共同的祖先。这个共同祖先在魔镜的某一块大陆上率先演化出来，然后四处迁徙，开始了征服魔镜世界的漫长之旅。他们的祖先抵达了魔镜的每一个角落，各自定居，因为环境差异巨大，又走上了各自的演化之路。时间和地理上的隔绝，使他们分化为多个族群。在后来的族群战争中，多数族群都被消灭或者吞并了，只剩下我们现在看到的三个。”

“不不不。”组长连声否认，“艾星雨，你猜错了，这仨，是同一物种。你们都过来，到这边看布丁人的演化史。”

我们三个都走到组长赫连科身边。那里是一个独立的展区，矗立着18座冰雕。结合先前看过的资料，再加上赵晓倩的讲解，我看懂了冰雕表现的全部内容。

布丁人是由原虫组成的。

原虫有点儿像原始的多细胞动物，构成它的细胞数量很少。原虫可以借助伪足移动，有一定的独立活动能力，本身呈灰白色，但会根据需要改变颜色，应激反应非常明显。单个的原虫看不出任何的智慧来，然而当两个原虫相互靠近、彼此伸出海星状突触并连接在一起时，它们会形成最简单的生命共同体。当更多的原虫加入进来，突破某个临界值的时候，这个生命共同体就会表现出某种初级的智慧来：会移动，会变形，会捕食，会规划路线，会互相交流，会团队合作。智慧的等级越来越高，最终演化出聪明的布丁人。

赵晓倩补充说："就像地球上的蚂蚁。单个的蚂蚁脑子里只有几根神经素，根本谈不上什么智慧，但成千上万只蚂蚁，就涌现出某种集体智慧来。它们会驯化动物、培植菜园、疏通道路，它们会蓄养奴隶、发动战争、建造超级巨大的城市。我们完全可以把一窝忙忙碌碌的蚂蚁，看成是一个完整的生物。这叫作超个体。而布丁人，就是超个体的实体化。"

在一个遥远的时间节点上，布丁人踏上了征服魔镜世界的旅程。他们摸清楚了天上两颗太阳的运行规律，制定出非常复杂的历法。他们四处出击，攻城略地。他们建造了大规模的海陆城市，数量越来越多，发展越来越快。他们交战了，他们和平了，他们又交战了。他们发明了样式古怪的天文望远镜，眺望附近的大行星——我们叫作小红帽、金球、莴苣和水晶鞋。魔镜的每一块大陆，都有他们的身影，他们无处不在。他们在地底下，在大洋上，在天空中。他们出现在了魔镜的轨道上。轨道上的飞行器越来越多，其中一些颇有些像小型龙墟。

"还是没有章鱼大王和弱智布丁。"我注意到了这一点。

在母船上的分组学习活动中，读过的资料里有这样一个统计数据：魔镜的所有智慧生命中，60%是布丁人，他们最聪明，是已知最聪明的魔镜生物；30%是弱智布丁，我记得当时我还发牢骚说，“给一种生物取名叫弱智，实在是不尊重人家啊”；10%是章鱼大王，生活在海洋里，对他们来说，离开海洋就像人类离开地球，是拿生命当赌注去进行的冒险。

“答案在这里。”组长拍了一下手掌，四周忽然安静下来，几束亮蓝色的光从大厅顶部如同瀑布一般倾斜下来，在地板上交织出动态的画面。没有声音，画面也有些扭曲和闪烁，但布丁文明最后的辉煌展露无遗。

他们登上了这个恒星系的所有行星，不管是气态的还是固态的；他们发射了巨大的能量采集器围绕两颗母恒星旋转，源源不断地供给着魔镜；他们向着这个恒星系之外发射了数百颗探测器，并计划着更多的征服与殖民……他们制造出了龙墟的前身：魔镜有史以来最大的宇宙飞船。不，这不是宇宙飞船。他们又往宇宙飞船安装了别的东西——某种武器。宇宙飞船转眼间变成了星际战舰。

天上和地下，都拥挤而忙碌，一部分知道即将发生什么，而绝大部分都懵懂无知。

星际战舰释放了三颗海星模样的飞行器到魔镜的同步轨道上，并同时启动。每一个飞行器射出一道绿莹莹的光到魔镜上，覆盖了魔镜的全境，从恐龙大陆到枫叶大陆，从呼喊大陆到天狗大陆，平原、山地、湖泊、丘陵、沙漠、戈壁、沼泽、森林、冰川、岛屿，每一座城市，每一个乡村，每一条道路，每一个角落，无一例外……

绿光闪烁了三下，然后就消失了，画面也跟着消失了。

“发生了什么事？”黄明问。

“后边呢？”赵晓倩问。

“那是什么武器？”我问。

“我知道，我什么都知道。我告诉你们。”组长赫连科说，某种兴奋支撑着他，“那是一种极具创意的光波武器。在它之前的所有武器，都是针对肉体的，都是为了从肉体上消灭敌对的一方，而这种光波武器最为厉害之处在于，它针对的是智慧本身。正如你们先前看到的那样，布丁人的智慧来源于原虫，原虫之间的联系越是紧密，越是频繁，越是高效，智慧等级越高。光波武器所释放的光波，专门打击原虫之间的联系，这使得全体布丁人的智力水平集体下降了好几个等级。因为个体差异，还有环境因素，布丁人的智力水平下降的等级有所不同，经过很长一段时间的混乱，最终固定在你们看到的章鱼大王、弱智布丁和布丁人三个等级上。魔镜上的所有问题，都是自诩聪明的布丁人的问题；解决了布丁人的智力问题，就解决了魔镜上的所有问题。是不是很刺激？”

我本来专注地听着组长的讲述，想象着当时的情形。但他的最后一句话警醒了我。“为什么你会知道这些？”我问。

组长突然变得沉默，与刚刚的飞扬跳脱形成了鲜明的对比。他木讷地望着我，脸上的表情宛若刚刚成形的蜡像。他嘀咕了一句什么话，似乎是“刚刚好”，又似乎是“等了好久”。

“组长，你说什么？”赵晓倩问。

“时间到了。”

这回我听清楚了：“你到底是谁？”

我话音刚落，组长和他的环境服一起，就像冰雕遇到火焰一般溶解，继而像蜡像遇到硫酸一般瘫软下去，瘫软到地板上，分崩离析，变成一堆不成形的紫色布丁一样的东西。

黄明尖叫起来，赵晓倩大喊道：“啊，啊，他是布丁人！”

地板突然晃动了一下。“发生了什么？”我问。

团子回答：“警告！警告！警告！”

所有的视网膜显示器都闪烁起来：“警告！检测到地震！震源深度5千米，震级9级。龙墟即将倾覆！龙墟即将倾覆！请立即疏散！请立即疏散！”

“为什么会这样？”黄明绝望地喊，“地震说来就来，也太巧了吧！跟安排好了的一样！”

“还在啰唆！”我喊道，“快跑！”说着我已经启动了环境服的奔跑模式，同时发布命令：“团子，前头带路，规划好回到着陆器的路线，避开危险和拥堵！”

团子的两颗眼珠探测器一前一后，飞了出去。我、黄明还有赵晓倩跟在眼珠探测器的下方，全力奔跑。团子在我们头顶飞行，小翅膀拍得啪啪作响。

龙墟又剧烈晃动了两三次。

我险些跌倒，如果不是赵晓倩拉我一把，我肯定已经跌倒了。

逃出去的路与来时的路略有不同，因为一处走廊的圆顶已经坍塌了。在一处向下的走廊，我们遇到了一大群弱智布丁，混杂着章鱼大王。他们蜂拥而出，完全堵住了那条走廊。我们不得不重新规划路线，进了另一扇门，多走了一段路，然后重新回到先前的走廊。

震动更加频繁和剧烈。

地板开始明显倾斜。

“发生了什么？”我问。

“受地震影响，冰原正在皲裂。”团子回答，“你知道，龙墟正好位于海洋和陆地之间。计算表明，冰原皲裂后，龙墟会滑入旁边的海洋里。”

我打断团子的回答：“抓紧时间，跑！”

我们已经跑到最初那道走廊，看见了我们进来的那道裂缝。有几只章鱼大王的影子，在裂缝一闪而出。

“组长呢？我是说，真正的组长。”赵晓倩忽然停住脚步，“我记得他在这儿看壁画。”

我已经看见他了。在一堆弱智布丁遗弃的骨架下边，有一件藏红色的环境服。我跑过去，掀开骨架，把组长的那件环境服拖出来。面罩已经破损，里面没有人，只依稀看到一些液体和残片。我大概能猜出后来我们看到的那个组长是怎么来的了。

又一次剧烈的摇晃。

“喂喂，呼叫42号科考队，呼叫。我是张捷，收到请回答！”通信系统传来驾驶员张捷的声音，“着陆器已经准备好。你们在哪里？”

“我们马上出来。”黄明答复，“等我们上了着陆器再起飞！”

我放下组长的环境服，从裂缝钻了出去，沿着来时的路，一直跑到着陆器所在的位置。我们三个都上了着陆器，然后发动机点火，以最快的速度飞向了魔镜的天空。

危险离我们远去。我们坐在着陆器上，俯视下面的千里冰原。

龙墟晃动着身子，仿佛要飞上漫天闪烁着极光的天空，重现多年以前的荣光。然而这一幕就像是穿行在鲸鱼骨架里一样，只是幻觉。大地颤抖着，冰原裂开一道如同红海大峡谷的裂缝，有碧蓝的万顷海水喷涌出来。龙墟侧了侧身子，重重地滑入裂缝，发出震耳欲聋的声音，激起更大更高的波涛。阳光斜射下来，照得波涛的顶峰一片通红，宛如晶莹的不断流动的红宝石。

“到底发生了什么事情？”张捷问，“你们进龙墟后都干了些什么？”

“我们都干了些什么，就是走走，看看……啥也没有干啊！”

“我想知道，那个变成组长的布丁人到底是怎么一回事？”

“刚刚进入龙墟的时候我出现了明显的幻觉，后面经历的一切都是我的幻觉吗？”

“弱智布丁仓皇逃走，是因为预感到地震的爆发吗？”

“这场地震是刚才那个布丁人制造的？还是纯粹的巧合？”

“难道那个布丁人一直在等待我们的到来？”

“为什么要在文明的巅峰时期给自己降低智商啊？为什么呀？”

“不知道啊。光波武器，降智打击，这得多蠢的家伙才能干得出啊！”

“不，是最聪明的家伙才能干得出来！”

“那干这事儿的家伙，到底是绝顶聪明，还是愚不可及？”

这话促发了团子的对话机制。它立刻接过话头：“魔镜魔镜，请你告诉我，在这世界上，最聪明的人是谁？最愚蠢的人又是谁？”

我想了想，没有说话，继续看沉没中的龙墟。龙墟是什么？是一座墓碑，一个警示，还是一则文明自戕的寓言。我想：不管龙墟里还有多少秘密，都已经随着龙墟的沉没，彻底消失了。然而，对我们的考察来说，它的历史使命已经完成了。亲爱的地球人，我的同胞们，布丁人用整个文明的退化所证明的道理，你看到了吗？

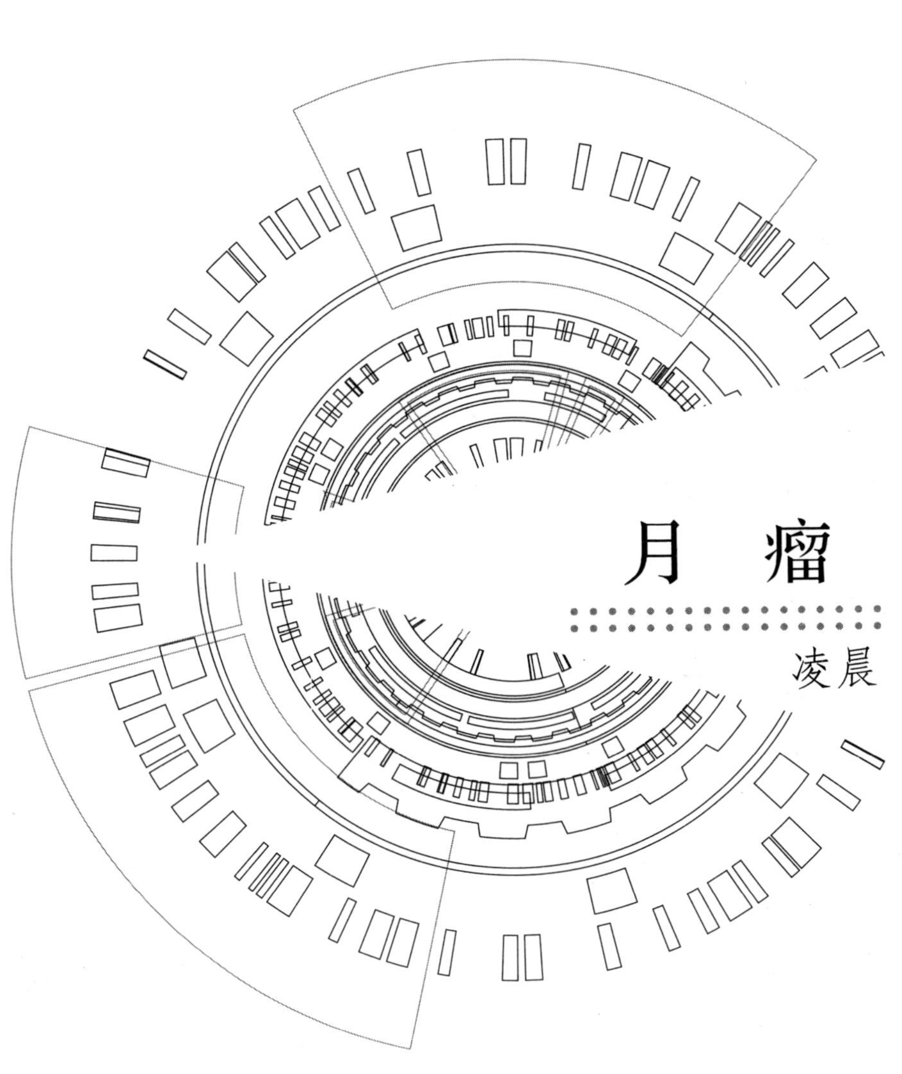

月瘤

凌晨

一

“不！不！我不行，我不行！”朱玫惊叫着，猛然睁开眼睛。

“怎么了？朱玫你没事吧？”隔离窗外的护士J立刻问。关切的声音通过枕畔的喇叭传出，温柔地送进朱玫的耳朵。

“我，我……”朱玫结结巴巴，答不上来。周围恬静的天蓝色墙壁与淡雅的象牙黄色机器，给她一种很不真实的感觉。“我在哪里？”她问道，双手一撑坐起来，床垫发出“咯吱咯吱”要散架的声音，似乎承受不了她的重量。朱玫皱眉，女人的天性立刻发作：“你们这床垫是处理品吧，弹簧都没弹性了！”

“我早说要换，可申请报告多得填不完。”J苦笑，声音采集圈也不怎么好用了，朱玫的声音听上去干瘪而沙哑。J就有些牢骚：“谁叫这是月球呢，针头线脑都必须从地球送来，核算成本，为个针线盒花的运费能抵得上我一个月工资。”

“啊，那是，东西真贵。”朱玫条件反应般应答，忽然翻身下床，“月球！你是说我在月球？”

“当然。”J点头，“这里是月球国际科学考察站酒海基地。”

朱玫愣住，走了几步，又跳了跳，很是怀疑：“忽悠我吧？这儿重力比地球还正常。”

“这儿是月瘤区，月球的重力异常地带。”J耐心解释，“重力与地球北半球重力平均值所差无几，在这里能有最类似在家的感受。所以月球医院被设在了这里。”

这几句话并没有安抚朱玫的不安，她反而更加焦躁。她冲到隔离窗前，敲击玻璃。J打开所有的灯，让朱玫看清楚自己。朱玫瞪大眼睛，盯住J。这让J有些许不安，小心问：“你刚才是不是做了噩梦？”

朱玫没回答，目光落到J身后，那里有一扇门，门正被缓缓推开——清冷灰白的月面，死一般的静寂，一些缥缈的影子在那里……“不！我不行！不要是我！”朱玫抱住头，歇斯底里喊叫。

“你镇定一点！没事没事。”J劝道，麻利地按下控制台上的两个按键。贴在朱玫腰腹部的医疗监视带立刻向皮下释放镇静剂，药力片刻间控制了朱玫的神经。朱玫有些昏沉，扶住隔离窗，瞅着那扇开动的门。

门外没有月面，只是长长的白色走廊。走廊那头过来两位男士，前面的瘦高个儿穿蓝大褂扎红色领带，后面的矮胖子着蓝白格子衬衫带黑色棒球帽。“嗨，J，她醒了是吗？”瘦高个儿热络地招呼，隔着玻璃冲朱玫笑：“嗨，你好，朱玫。我是何斌，你的主治医师。这位是基地副主任Milo。”他拍拍那矮胖子的肩膀，“他负责你的一切事务。”Milo不笑，只是沉默地点头。

主治医师？两个神情截然不同的男人，月球！朱玫按动疼痛得要爆裂的额头，尽量保持理性，平稳声音，问：“我怎么了？发生了什么事情？”

“你一点儿都没有印象？”Milo反问。

“我，我……”那扇门又开了，那些影子在那里晃动……朱玫揉揉眼睛，门好好关着，门上什么也没有。

“你摔得不算太严重，有些轻微伤痕，呼吸系统有点损害，还沾染了大量月球尘埃，隔离是为了对你进行防疫和杀菌治疗。”何斌是个乐天派，笑起来满口璀璨的白牙，京片子透着一股子自来熟的亲切：“别担心，事儿不大，再有4个小时你就能搬到普通病房中去了。”

“等等，我在哪里摔的跤，我完全记不得了。”朱玫敲打额头，“我失忆了！”

“短暂的失忆症很正常。要我从那么高的地方摔下来，我也会这样。没事儿没事儿，你很快就会好起来继续月球背面的旅行。”何斌笑。

“你是说，我在月球背面旅行时摔了一跤，然后就被送到这里来隔离杀菌？”朱玫越听越糊涂，赶紧问。

“月球尘埃非常细微，它们会侵入你的肺部，损害你的身体健康。如果尘埃进入基地，会影响基地各种设备的正常使用，造成不必要的损耗。”J插话，“清除它们很重要。”

“我不想问灰尘的事！”朱玫的双眼闪烁着怒火，“我要知道，我怎么会摔跤！而且摔在月球背面！”

隔离间外沉默了几秒钟，Milo开口道：“这个也是我们想知道的。朱玫，我们找到你的时候，你已经失踪了4天。”

隔离间里外的灯光暗下去，投影仪在朱玫对面的墙上放映出视频：一个健康活泼的青年女子，正与3个同样健康活泼的青年男子穿上密封野外服，戴上头盔。那青年女子不时走来走去，非常好动——朱玫认出她正是自己。

“你在21天前登陆月球，是‘月球背面’山地穿越队的成员。”Milo说，“你们希望徒步穿越4座环形山，制作一部纪录片。”

墙上的朱玫最后一个戴上头盔，她调整轻便密封服上的各种外设，微笑着走到气闭门那里，按下启动钮。

“你们进展顺利，直到8天前。那时我们失去了你们的无线电信号。”Milo轻描淡写道，但朱玫从他表情上能够猜想，月球基地中的人们曾经为他们怎样焦急。“我们马上组织营救，动员了月球国际科学考察站的全部人员，终于把你们全都找回来了。”

“那很好啊，我的同伴们都还好吧？”朱玫问，记忆里却怎么都没有那些同伴的影像。

“还好还好，只是还没有醒。”何斌说，“放心吧。”

Milo摇头：“你要和她说实话，老何，她迟早要面对。”

“是什么？”朱玫心里一紧，“我的同伴们怎么了？”

“他们深度昏迷，伤很重，还在重危病房监护。”何斌耸肩，“亲爱的，你非常幸运。”

墙上，出现穿越队的便装照，小伙子们笑着，将朱玫围在中间。朱玫一时心如刀绞。

“所以我们需要你，尽量回忆你们旅行的过程，所有的细节，”Milo说，“我们希望避免类似的事故。你们，”他压低声音，给朱玫一种压迫感，“准备得本来是非常充分的。”

是的，准备非常充分，而且不是以探险为目的的旅行，主要的任务还是拍摄，大家都认为难度不大，直到，直到……

朱玫不住抽搐，她跌倒在床上，床垫又是“咯吱”的巨响。

“闪光，我们看见了闪光，在万户环形山上。他们，他们要见我……”朱玫断断续续地说，汗水和泪水在她脸上混杂，她的眼前一片模糊，“他们要我去，去……”声音低下去。

声音采集圈忽然沉默了。看着朱玫还在颤动的嘴唇，Milo禁不住狠狠拍打了那仪器一掌。

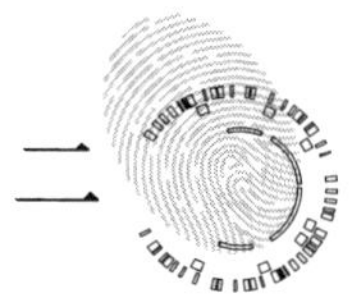

二

万户环形山的三维地图展开在朱玫面前，但并不精细，毕竟万户直径只有60千米，在月面上实在微不足道，排不上卫星精密观测的名单。如果不是因为它叫“万户”这个名字，中国人同样不会注意到它。

一个好名字，朱枚想，便令这小山为国人瞩目，万户知道了九泉下会很欣慰。这位明朝人胆子奇大，拿了两只风筝坐在一张捆绑了47支中国火箭的椅子上，命人点燃爆竹，试图利用火箭的推力和风筝的升力升空。这试验当然失败了，但万户由此成为世界上第一个利用火箭推力飞行的先驱者，青史留名。

科学家做事，就有这么股不怕死的拼命劲儿，富兰克林也是这样的，引雷电到自己手上，往好了说是大无畏大奉献，往坏里说那是无知者无惧啊。他们自己是怎样想的呢？已经陷入对未知的痴想完全不能自拔了吧？

比如自己一心参加的这个“月球背面”计划，就没人想到过会出现问题。朱枚按动手边的控制器，视频更换为她的个人资料：便装照片，家人照片，毕业典礼上的骄人笑颜，工作照片。她是28岁的电视台科教节目制作人和主持人，胆大心活，喜欢出新出奇，得过奖，也被不少人批评——说她的节目是游走在科学与伪科学边缘的怪胎，不求甚解只求眼珠效应，误导公众。

这些批评朱玫全然不顾，不是听不到，是根本不想陷入无谓的争执，努力工作、观众喜爱就是最好的辩解。至于在精英专家与普罗大众之间如何选择，这是问题吗？所以朱玫想都不想就将“月球背面”环形山专题策划递交上去，作为纪念中国第一颗人造地球卫星发射成功60周年的系列策划之一申报。

朱玫扭动身子，这些事情努力回忆，便隐隐约约出现在脑海之中。但总有些缥缈虚幻，似乎是在将另一个个体的人生经历硬生生灌输到她脑子之中。墙上明明是自己的一张笑脸，怎么看怎么觉得有PS嫌疑。

都是那暂时性失忆症闹的，应该是脑震荡吧？朱玫将视频切回到月球上。万户东边，一层层山脉过去是900千米宽阔的东方海——月球背面最东边的月海，也是月球最年轻的月海，有30亿年历史了。东方海的复杂同心圆结构赢得月球地质学家的欢心，但因边缘位置地球上不宜观测，公众对它的兴趣不大，因而“东方海”的专题就没有被批准。她对这件事情的印象倒很清楚，没有含糊的感觉。

隔离窗外有人晃手。朱玫侧过脸，是Milo。他举起一块书写板，上面写着：“请尽可能多地回忆细节。”

细节。朱玫注意到Milo棒球帽上红色的L形商标，以及衬衫领口绣着的小小“M”标志。Milo有一张轮廓分明、肤色白皙的脸庞，如果年轻10岁可以用“英俊”二字形容，但现在已经中年发福，隆起的啤酒肚被皮带生生按下一寸，显示他徒有减肥的决心而缺乏实质性的运动。

书写板上的字更换了，醒目的红色：“万户山！”

手触屏上出现万户山放大的图片。朱玫迟疑，终究是顺着山脊往上，轻轻点了点。墙壁的大图上出现一个红点，朱玫在红点旁写道：“闪光，4～5个亮团，足球大小。”回眸，Milo脸上并无特别的表情，她继续画出亮团的位置和运动方向：刚开始是一簇，聚集在万户的侧面，只是震动，像霓虹灯般闪烁；一分钟后散开，降低了飞行高度。像是一张渔网拉开

了，银光闪耀的渔网，在灰白的月之背景上漂亮得不像话。

那些光团慢慢飞到自己头顶，其实是眨眼间就到了，但给她的感觉却是不可思议地慢，可能是她思维迟钝了，看着它们一米一米地接近。这么明显的非自然的智力行为，正是自1958年人类发射探测器考察月球以来，一直期待的重大发现。

我一定是傻了，朱玫想。谁碰到这种事情都会发傻，毕竟人类等了快一个世纪！

“我没留下视频资料吗？”她问Milo，职业习惯应该驱使她立刻将所见摄入镜头。以往在贵州发现华南虎，在珠江发现白鱀豚，都是因为无可争议的视频存在才打消种种成见与怀疑。加上在月球发现地球外智慧生物，她运气好得真是匪夷所思。

Milo摇头。“不可能，我连看到小猫小狗打架都会用手机录下来，何况这么大的事情！”朱玫着急嚷道，忘记了声音采集圈还存在故障。Milo指指自己的耳朵，摆摆手。朱玫这才意识到他什么也听不见。

太滑稽了，这儿全是老掉牙的设备，可每年国家对月球的预算都会增加10%，而单单是月球旅游一项每年的收入额度就增加30%，这么多银子砸下来，都不能更换一张新床垫或者一个新的声音采集圈，或许应该提醒法治节目的同事关注月球的资金审计过程……

“视频都是雪花，被擦洗了。”Milo写道。

就是嘛，我就知道自己不会失职，朱玫笑。视频故障可以理解，在1%不可解释的真正UFO现象中，存在一个特征，就是电磁场异常，在场电器失灵。那些光球扑下来的时候，自己周围空间的物理特性肯定会有所改变。

“后来呢？”Milo问。

朱玫忙将发散的思维集中到光球上：“后来，我就被光团网住了，我逃不掉。它笼罩了我全身，我手脚发麻。光在四周闪，在脚下闪，托着我飘浮到半空。看见他们……”

“他们？月球人？能具体描述吗？”Milo不紧不慢追问。

他们很模糊，裹在光里面，不高大，不强健，不怪异，数量是3到4个，充满压迫感，其中一个伸出手来拉我……冰凉的手，粗糙的皮肤，厚重的老茧，僵硬的骨骼，就像死尸……

“没有体温吗？长得如何？月球上不会有僵尸。”Milo的话丝毫不给朱玫轻松感。

“看不清楚五官，光太强了。他没有温度，被那手牵着，仿佛是和死神在一起，心里也是凉飕飕的。然后我们在光里游动，峭壁悬崖都在瞬间闪现消失，平坦的地面一下子就被穿透了，很大的空间，很多的他们……”

“基地？”Milo斟酌用词，试探的语气。

“是的，是一个基地。金属墙壁金属地板金属飞行器。光消散了，他们清晰了。”

“什么样子？”

“也就是一般外星人的样子吧。”朱玫说，“没什么特别的。”

Milo望着她，目光锋利。朱玫从没有被这种目光注视，浑身如受针扎，百般不自在。“我，我真的说不好。没法子具体形容，我画给你看好不好？”说着，朱玫就画起来。笔一旦拿起，就仿佛另有神仙在后操纵，竟然一点没中断地就画完了，画上却是个瓜子脸杏仁眼没眼皮和鼻子的绿色生物，活脱脱科幻小说封面上的外星人标准照。

“再让我好好想想。”看到Milo眼中的失望，朱玫想这画像肯定有什么地方不对头，他们不会让她有完整的印象，肯定干扰了她的记忆。“催眠！”她建议，“催眠我就什么都能想起来了。”

对UFO目击者，研究者最喜欢的研究方式就是催眠，没错，催眠能够快速激发出一个人的潜意识。

Milo看她的神情柔和了一些：“和你说了什么？或者对你做了什么？”这么多字拥挤在写字板上，像要打架。这其实才是Milo最关心的问题，前面那些询问都是铺垫啊。朱玫蹙眉，似乎没有做什么，又似乎做了什么，不过他们肯定说了些什么令她惊悚的话，让她害怕，害怕他们会就在Milo身后的门外站立。

“他们会来地球？一直监视着地球？取代人类？改造人类？”Milo的字更拥挤了，问号一个赛过一个砸在朱玫额头。

朱玫摇头，她想不起，不知道，头痛得厉害。

Milo放下写字板，示意朱玫安静，比了个休息的手势。

朱玫摇头，她是唯一见到月球人的地球人，她怎么可以休息。她得赶快回忆起来月球人想要做什么，有没有针对地球人的阴谋。

“催眠吧，对我催眠吧。”她再次要求。

三

何斌依然是微笑着进来的，J心不在焉跟着。他们那一身标准的医护人员制服让朱玫想到她的同伴们。“他们现在怎样了？”朱玫问。

“还在重危病房。不过有好转的趋势，别担心，放轻松。”何斌直接把字写在隔离窗上，行书又快又整齐，像老师胜过像医生。

“我要催眠，回忆出我的遭遇。”

“不用刻意去回忆。你只需要熟睡，其他的什么都不要想，松弛状态最好。”何斌说。

朱玫点头，躺下，闭上眼睛，放松四肢，但是内心里却有什么东西绷着，放不下来。他们为什么要选择我？同行的还有三个人，强健、聪明、漂亮的小伙子，为什么不选择他们？我和他们有什么不同？职业、身份、影响力、性格，还有，性别？

床垫又“咯吱”响。朱玫并不是有择席毛病的人，当年去农村追寻华南虎的踪迹，农家的门板、稻草垫子都睡过，照样睡得天昏地暗、人事不省。尤其是露宿在南中国的星空下，山风和植物的气味，还有夜鸟偶尔的婉转啼叫，都让睡眠更加惬意。

可是在这里，除了床垫的噪声，她什么都听不到，什么也看不到，一屋子程式化的配置，就像任何医院的隔离监控病房。

任何。朱玫的思绪忽然停顿，那种强烈的恍惚感觉似乎找到了落脚点，顽固地要踩真切了。他们的相貌其实并不真切，他们可能变化成任何形状，比如，一个温和的大夫和一个爱絮叨的护士，还有一个严厉的调查者。可以的，所以要隔离，所以要坏掉声音采集设备，有距离才不会有漏洞。他们就是眼前窗外的人，他们在试探她，在研究她。他们根本不用对她催眠，因为带她来的路上就已经催眠。

是的，所以自己才老是觉得做节目制作的朱玫那么不真实，那压根就不是自己的真实经历，只是自己的想象。华南虎只在半人工的保护区苟延残喘，白鱀豚早就上了21世纪灭绝动物名单，月球科考活动还没有密集到要设置大型医院的程度，这一切想象来源于科幻小说杂志日积月累的熏陶。是的，没错，这一切都仅仅是想象，是他们让自己以为真有此事。

他们给自己新的记忆，然后，把自己投放回地球人群之中去……不

对，这样说自己就没有拍摄万户环形山的任务了？那自己怎么会在月球上，解释不通啊。

朱玫腾地坐起来："4小时到了吗？何大夫你说4小时后我就能搬到普通病房中去。"这些字在墙壁上个个如同巴掌大，很有气势。

"还早。这里时间要慢一点。"

"因为是月瘤区？"

"对，月瘤区。"何斌顺口说。

月球质量瘤，月表的较致密物质区，因此使该区域的重力异常。这并没有什么，地球上也到处有重力异常的区域，本来就只有平均重力没有"平常"重力一说。只是月瘤分布很集中，重力异常到对低轨绕月卫星产生影响的地步。我知道这个，我很熟悉。我一直在设想，又是设想……朱玫心里抵触，好，我不做设想，但重力要异常到什么程度才会影响时间？月瘤能够达到吗？

何斌忽然走到角落里去，那里好像有通信设备。他再次回到隔离窗前时面容肃重，表情与Milo相似："你的同伴们，"他停住笔，很悲伤地望着朱玫，以至于朱玫猜得到他将说的话语，"没有抢救过来。我去处理一下。"也不待朱玫应答，便出去了，剩下J和朱玫相对。

朱玫觉得自己应该悲伤悲切悲痛，最好能号啕大哭，可这些同伴是真的存在吗？还是编造的幻象？她判断不清楚，没法子真的触动感情那根弦，结果脸上就是一副吃惊和怀疑多于伤楚的表情。

J叹气："活着，要坚强！"她的字少，而且丑，表达方式简洁得不像她。

朱玫问："我们一起出去的视频，失踪以前的，我想看看。"遭遇意外时候的录像可以清洗，遭遇前的录像不应该有问题，即便原始录像带现场被毁，也总有发回基地的片段保存。

J不太明白。

“我想看看他们，多看看，和他们在一起工作的情形。”朱玫写着写着胸口就是一痛，倘若是真的，这些同伴就是被月球人杀死了，也许在月球人带走她的时候就已经死了，所谓伤重急救都是假话。这是月球啊，没有空气、寒冷刺骨的月球，外出作业服破个小洞都会带来生命危险，何况从山脊上摔下去。是的，他们是滚摔下去的，整个月球车都翻倒过去，溅起地上的沙砾和尘土，细小尖利的石子划开他们的衣服，空气滋滋泄漏出去，内外的压力差将他们的肺压成扁平……朱玫不敢想，眼泪涌出眼眶，湿润了面颊。

J慌忙劝：“别急别急，我给你找去！”

但痛苦袭击了朱玫，她抽搐着，捂住肚子，在床上翻来覆去地滚。J加大镇静剂用量，不顶用，朱玫脸色惨白，额头汗珠大颗大颗冒。J迟疑一秒，监控器上朱玫的体温心律等各项指标均正常。但到底是医护人员的天职占了上风，她启动隔离室的门，小跑进去扶住朱玫：“没事儿没事儿，你放轻松。”

朱玫的拳头，忽然从左侧袭来，端端正正打在J的头部。

四

不入虎穴焉得虎子，这句话朱玫刚刚想到，可能不适用，但很壮胆。尤其是J真的软绵绵倒在她脚下的时候，她被自己凶狠的动作吓了一跳。好在她反应迅速，兔子般蹿出隔离室，隔离窗下的监视仪屏幕上花里胡哨的各种线条跟着她的动作而动作着。朱玫一把扯下身上的各种医疗带，确认自己除了贴身一层衣服再没有附属物件，就打开了房门。

长长的白色走廊，不太清晰的照明，是通往月面的道路吗？他们在哪里？该躲着还是该迎击？朱玫一时不能判断，只好顺着走廊一侧快走，竖耳朵踮脚尖收敛呼吸，恨不能有隐身衣披在身上。以前习武时觉得辛苦，不明白要学朱迪·福斯特演的那位天文学家为什么就得先锻炼身体，现在明白了，科学家不仅要体魄强健毅力惊人，最好还要有点超能力，否则应对不了突发境况。

等等，科学。朱玫心里叫自己，科学，天文学。你还没想起什么来吗？

没有，科学是很熟悉的词汇，但没有内容，而且这些走廊没完没了，我该往哪里走？一个人都没有，他们没有发现我跑了吗？还是故意地让我跑？

朱玫控制住自己的情绪，走廊上没有任何标识，这看上去越发诡异。几分钟的奔跑就像几年，时间黏稠在前方，冲不出去，也许闹出点动静才好。嗨，这儿有一扇门，居然没有锁，进去吗？如果是陷阱……

脑子还在迟疑，手却毫不犹豫就拧开了门把手。朱玫倒吸一口冷气。

暗淡的蓝色房间中，三张床上躺着三个人，平静的面容似乎是在熟睡，整齐的病服还不太合身，如果不是胸膛僵硬，朱玫真怀疑他们会立刻清醒坐起来。

然而，他们全没有了呼吸。

朱玫的眼泪又要落下了，没错的，就是这三个人和自己一起外出，三张洋溢青春笑颜的面容，没有畏惧与紧张的面容，何斌说的是真的了。

那么哪里不真？他们的确是把自己带走了的，那些影子。可如果何斌与Milo都对，那自己就是错的。何斌他们不是外星人，那么，那么……

朱玫靠住墙壁，她被自己的答案吓住了。

那么我才是那个异类，依附在朱玫的外表下，进入地球人之中。天啊，朱玫奔出房间去，跌跌撞撞，接着就听到警报乱响。

终于是被他们发觉了。地球人还是外星人，我是哪儿的人？朱玫简直要发狂，她本能地朝远离警报的方向跑。不会的，我不会是月球人，月球压根儿就没有高等智慧生物存在。127个无人探测器，19次载人登月，5次大规模国际联合考察，不能说把月球从里到外翻了个个儿，但基本情况还是摸得清清楚楚，上万页的考察报告和成吨的月球物质可以证明……我了解这个，我多次申请加入月球固定基地选址小组，可是被他们拒绝了。

他们！这两个字的指向越来越混乱，是月球闪光后面的外星人还是何斌、Milo等所谓基地人员的统称，还是月球联合考察委员会，朱玫不知道，名词、概念、理论、报告如潮水般涌进她的脑海，她吞咽不下。

只能跑，楼梯，拐弯，走廊，行走让脑子迟钝，放松对自己的压迫。也许真正的自我就在不知不觉间浮出记忆。

眼前是黑色的大门，门上还有单人通行的小门。这一定很重要，朱玫停住脚步。门上没有锁，任何形式的锁都没有，与其说像是陷阱不如说是一种坦荡。

她握住门把手，轻轻地拉开。

五

屋宇高大空旷，黑色的天花板几乎是在视线的终点，宽阔如天穹。倘若不是几盏壁灯照出了天花板下交错纵横的银白色龙骨，朱玫真觉得

这是野外。转过一堵黑色的墙壁后，她的这种感觉更强烈了：光柱从龙骨下的灯架处直射下来，在地面上投下清晰的光影。光影中更清晰的是灰白的土地、岩石、环形山，恍然置身于月球之上。

朱玫愣住。她深呼吸，然后走进去，踩在月球的沙砾中，那感觉，真实真切，并不存半点虚假。

“都是真的月沙，花了7个月才布置出这个场景。”Milo从环形山后走出来，“你感觉如何？”

“老王，为什么你在这里？”那名字一旦出口，混乱拥挤在脑海中的影像与文字便分门别类自动排序，所有信息瞬间链接成网状，脑子清清爽爽。

朱玫只诧异老王会在这里：“我以为你们是外星人，我怎么都认不出你了。真糟糕。”她说，“后来我差点以为自己是外星人。”

“你想起来了？”Milo，也就是被称为老王的人，温和地问。

朱玫肯定地说：“这是月球实景训练营。在地球上，你们蒙我是月瘤区。”她撇嘴，“呵呵，在月瘤区建立固定基地可是我的申报方案，真要实现最快也得有个10年。”

“按照你的大胆设想也许用不了10年。你最后的记忆点在哪里？”

“引力传送井……天啊，我真的上了月球吗？”朱玫捂住激动跳跃的心脏，“这一切是怎么回事，快告诉我。”

“说实话我们也一直在怀疑，你是不是外星人。”老王上前牵住朱玫的手。老王的手大，温暖，强劲有力，“毕竟，你真的失踪了19个小时。”

登山摄影的故事。朱玫的心头又有疑云：“那些小伙子？”

“你要是把所有灯都打开，就会发现他们只是仿真的服装模特儿。这吓得你不轻吧。抱歉。”老王轻轻将朱玫的额发捋到耳后，“幸好这么一吓你终于是醒了。”

“这样啊，”朱玫点头，脑海中便将醒来后的一幕幕逐一回顾，忽然急道，“快去看看张姐怎样了，我那一拳下手太重。”

“做你护士，她早料到这点了。”老王笑，“没事。”

5年前，作为电视台科教节目制作人和主持人的朱玫终于辞职，加入月球重力研究所，利用她的影响力为这家民营研究机构跑项目立项和争取研究经费。引力传送井就是她力争的项目之一，这是个大胆的设想——在月瘤区和对应的地球重力异常区分别建立引力牵引装置，两个装置将两处引力汇聚为一个井状传送通道，实现物体在两个星球间的瞬间传送。如果这个设想实现，所带来的社会影响将无法估计。当然，也有很多人说这完全是不靠谱的天方夜谭，嘲笑说这项目能够立项并得到真金白银的赞助简直是个“奇迹”。

5年来，朱玫和整个研究所为了这奇迹真的能变成奇迹努力着。9个月前，他们的引力牵引器在月球酒海重力异常的中心地带成功安装，这为他们利用太阳活动峰年的强耀斑能量实现引力传送井功能打下了第一个物质基础。

“传送过去了植物和动物，有失败有成功。是你坚决要求传送人，并且第一个要求上去。”老王说，“非常危险的行动，可我们拗不过你。”此时，他们坐在训练营天台上的茶室里，老王慢慢道出事情原委。

朱玫自嘲：“是，谁叫我打小想做英雄。我记得穿好宇航服走进传送井，最后所见就是闪动的光球。”

“可能是一种物理现象，我们在研究相关数据。月球的监视器也发现了闪光。你没有出现在牵引端，寻找你这段故事可是真的，多亏月球国际联合科考队协助。找到你的时候，你已经昏迷。一艘正要返回地球的登月飞船将你带回，送到这里，已经过了20天。”

“20天！”朱玫轻呼。

“是的，20天，等待你苏醒，检查与监视你的生理和心理变化。最终确定你的生理上没有改变，而且也没有被异星生物替换。”老王说到这儿不由笑了，“知道吗，研究所已经得到国家专项资金。”

“那你们还要试探我？”朱玫装不高兴。

“换作我，你会不会试探？”

“会。”朱玫说，“我在思维开始混乱时好像看到了以后的月球场景。国家会加大投入。”她皱眉，“起码床垫不会破成那个样子。”

“没法子，咱们得把银子用在刀刃上。”老王将一盘熏肉推到朱玫面前，“吃吧。”

“何斌和张姐呢？我要见他们，很想拥抱他们呢。”

“引力传送井可以进行新的试验了。他们赶回去了。”

“啊！”朱玫轻呼，“太好了。我要去！”

“朱玫！”

朱玫恳切：“带我去吧，求求你了！我毕竟是唯一经过传送井的人。”

老王皱眉，终究是在朱玫炙热的目光里展开眉头：“真拿你没办法。”他半是抱怨半是心疼，“怎么就从来不为自己着想呢。”

朱玫笑，拉开茶室门。视野里地球的晨曦正在一层层展开，绚丽的朝霞就要从东方渲染开来。

一切有如新生，真好。